旦那様のお気に召すまま
～花嫁修業は刺激がいっぱい～

Reika & Chihiro

加地アヤメ
Ayame Kaji

EB
エタニティ文庫

目次

旦那様のお気に召すまま

～花嫁修業は刺激がいっぱい～

プロローグ

「じゃ、後はお二人でゆっくりお話ししてみてくださいな」

お見合いを仲介してくれた叔母は、笑顔でそう言って部屋を出て行った。その途端、私は緊張と不安がピークに達して、顔から血の気が引いていく。

――お、叔母さーん……、私、この後どうしたらいいの……!?

料亭の一室に残されたのは私こと英玲香（はなぶされいか）と、そのお見合い相手である株式会社おおひなたの専務、大日向知廣（おおひなたちひろ）さんの二人だけ。

しかも相手は、見るからに上質なスーツを着こなした大人な上に、上流階級の匂いのする超イケメン。となれば誰だって緊張する。ましてや、これまでまったく男性に縁の無い生活をしていた私は、一体どんな会話をすればいいのか思い浮かばない。

何より……目の前の大日向知廣という男性は、私の好みどストライクなのだ。

大日向さんは一五五センチの私が見上げてしまうほどの長身。額（ひたい）にかからないようにきっちり整えられた髪は清潔感を醸（かも）し出し、その下にはうっとりするほど端整なマスクがある。挨拶を交わした時に聞いた声は低く艶やかで、耳元で囁かれたら腰が砕けてしまうかもしれない。

事前に写真は見せてもらっていたけれど、実物は写真よりも断然素敵で、対面した瞬間、しばらく言葉を発することができなかったくらいだ。

あまりの衝撃に、叔母がお互いを紹介する言葉すら右耳から左耳にスルー。結局何を言われたのかわからないまま叔母は部屋を出て行き、彼と二人きりにされてしまったというわけだ。

鮮やかな朱色に色とりどりの花をちりばめた振り袖の膝の上を無言で見つめている私に、大日向さんがそっと声をかけてくる。

「玲香さん、とお呼びしてもよろしいですか？」

「はっ、はい!!」

突然、美声で名前を呼ばれて、思わずぴんと背筋が伸びる。

「このお話を進めるかどうかの前に、いくつか確認しておかなければならないことがあります。よろしいですか？」

話し方が穏やかで、かなり好印象である。

勝手にドキドキと跳ねる心臓をなんとか落ち着かせて、私は平静を装った。

「はい、どうぞ」

でも装いきれなくて、変に声がうわずってしまった。

そんな私に一瞬だけ薄い笑みを浮かべた知廣さんが、改まった調子で口を開く。

「玲香さんもすでにご存じと思いますが、私の実家はこの店をはじめとした料亭や、デパ地下などに出店している惣菜店などを経営しております。現在、私の父が全ての経営を担っていますが、二、三年後には全て私に譲りたいと公言しています。無論、私もそのつもりでおります」

「はい」

特に疑問を感じることもなく、私はこっくりと頷く。

「それを踏まえた上でお話しするのですが……我が家に嫁いだ女性は、将来的にこの料亭『おおひなた』の女将になるのが習わしとなっています」

大日向さんは私の目を見て、きっぱりと言った。

「女将、ですか？」

「はい。もちろん適性もありますので強制ではありません。ですが、このお話を進める場合は、そうした可能性があることを知っておいていただきたいのです」

「……わかりました」

素直に頷くと、すぐに大日向さんが話を再開する。

「あともう一つ。結婚後なのですが……これもやはり我が家のしきたりで、長男である私は両親、祖父母と同居しなくてはなりません。そのため、必然的に新居は私の実家となります。この二つが結婚の話を進める上での条件になります。

「同居が条件ですか……」

「このご時世に古くさいことをと思われるかもしれませんが、それが私の希望でもあるのです。ですから、無理と思われるなら、遠慮無く断ってくださって結構ですよ」

同居が条件という話は、このお見合いを仲介してくれた叔母から事前に聞いていた。なので、驚くことも無理とも思わなかった私は、即返事をする。

「大丈夫です！　私、大日向さんの仰るとおりにします」

私の素早い返答に、大日向さんが驚いたように目を見開く。

「玲香さん、返事はすぐでなくていいのですよ。あなたの人生を左右することなのですから、もっとよく考えてからで……」

しかし、私の頭に断るという選択肢は微塵も無かった。

いや――むしろ、こんな素敵な方との縁談を断ったら、もう二度と理想の相手に巡り会えないような気がする！

私は前のめりになりながら、目の前に座る彼の目を見つめた。

「いえ、本当に大丈夫です！　私の家も三世代同居ですから、ご家族と一緒に暮らすことに抵抗はありません。それに家族を大切にされるのは、素敵だと思います！」

思っていることをはっきり告げる。すると、しばらく黙って私を見つめていた大日向さんの口の端が、少しずつ歪(ゆが)み始めた。

「知廣です」

「え？」

「大日向ではなく、知廣と呼んでください。玲香さん」

「知廣さん……？」

名前を呼んだ瞬間、知廣さんの表情が緩(ゆる)む。その顔がまた素敵で、私の心臓は彼によってがっしりと掴(つか)まれてしまった。

——はうん……すてき……!!

「……では、玲香さんはこの話を進めても問題無いと？」

「はい、喜んで！」

うっとりしたまま返事をしたら、居酒屋の店員みたいになってしまった。言ってから「あっ」と思い知廣さんを見ると、呆気にとられたような顔をしている。

人生の大事な決断を、あんな言葉で即決してしまったことを変に思われたのだろうか。

——だって、絶対にこの人と結婚したいと思ったんだもの……！　ああ、知廣さんに幻滅されてたらどうしよう……

今更ながらに居たたまれなさを感じて視線を泳がせていると、目の前の知廣さんが

「ふっ」と声を漏らした。

——あれ……もしかして今、笑われた？

「玲香さん……本当にいいのですか？　結婚してからやっぱり嫌だと言われても、世間体というものもありますから、そう簡単に離婚をすることはできませんよ？」

「もちろん、わかっています。それより、あの……知廣さんはどうなのですか？　私が結婚相手で本当にいいのですか……？」

「私ですか？」

そう言うや否や、知廣さんの口角がくっと上がった。しかも興味深そうに私を見つめてくるから、落ち着かなくなってしまう。

「私はこのお話をいただいた時から、あなたは家柄も器量も申し分ない、私には勿体ないくらいの方だと思っていました。だからこそ……こうもあっさり話が進むと考えていなかったので、正直とても驚いています。逆に問いたい。玲香さんがこの話を受けた決め手はなんですか？」

——あなたに一目惚れしたからです！

と素直に言うのは、さすがに恥ずかしい。悩んだ末に、私の口から出た言葉は——

「……か、勘です」

「……ん？　なんと？」

聞こえなかったのか、知廣さんが眉をひそめる。

「だから、その……勘です。お……女の勘です！」

そう言った途端、知廣さんがはっきりと笑みを浮かべた。

「玲香さんはそういった勘が鋭いのですか？」

「いえ……そういうわけでは、ないんですけど。でも、このお話を逃したら、絶対に後悔する気がして……」

「後悔？」

「あっ……」

知廣さんに突っ込まれてしまい、慌てて口を噤(つぐ)んだ。

正直に、決め手は一目惚れですって言ったら、知廣さんはどう思うだろう。

初対面だし、引かれてしまうかもしれない。でも私の気持ちはちゃんと伝えなければ……

「ほんとに、冗談とかではなく……私、知廣さんと結婚したいと思っています……」

これだけでは、気持ちを伝えきることはできないな……と彼を窺(うかが)う。

がしかし、意外にも知廣さんは口元に手を当てて、興味深そうに私を見ていた。

「あなたのご実家は広大な土地を有する大地主であり、自社ビルを複数所有する資産家です。しかもあなた自身、まだ若くとても可愛らしい……。とくれば、この先も数多くの縁談があることでしょう。それでも、八つも年上の私との結婚を望んでくださるのですか？」

「はい……!!　だって、知廣さんは私の理想の男性そのものなので……」

言ってからしまった、と口を手で押さえる。が、時すでに遅し。

目の前の知廣さんが、もう限界とばかりに噴き出した。

「ご、ごめんなさい!!　私ったらつい……っ」

思わず身を乗り出してペコペコと知廣さんに頭を下げるが、まだ知廣さんは肩を震わせて笑っている。

変なことを言う女だと思われただろうか。不安な気持ちで笑い続ける彼を見つめていると、知廣さんが「謝らないで」と掌を私に向けてきた。

ようやく笑うのをやめた知廣さんは、改めて私を見つめてくる。

「いや、失礼。実に面白い方ですね、玲香さん。私はあなたの『理想の男性』なのですか？」

「は、はい！　それはもう、見事に！　部屋に入ったら理想の方がスーツを着て座ってらっしゃったので、私、驚きのあまり腰が抜けそうになってしまって……」

するとと知廣さんがフッと鼻で笑う。

「……これはこれは、なんとも正直な……」

ぼそっと呟いた知廣さんの表情が今までと違って見えて、あれ？　と思った。気のせいか、さっきよりもすごく柔らかくなってるような……

私がじっと彼を見つめていると、彼はニヤッと口角を上げた。

「わかりました。では、このお話を進めさせていただきます。よろしいですか？」

「はい、喜んで!!」

私の返答に、「二回目……」と呟いた知廣さんが再び肩を震わせる。

「あなたとなら楽しい家庭が築けそうな気がしますよ。玲香さん」

そう言って知廣さんは不敵な笑みを浮かべた。その、男の色気にくらくらした。

――現実世界にこんなに素敵な殿方が存在しているなんて、本当に夢のようだわ……!!

夢見心地の私は、その後、知廣さんから料亭の敷地にある庭園を案内してもらった。

「この庭は、季節ごとに違う顔を見せてくれますが、私は春が一番好きですね。桜はもちろんですが、ツツジの花が庭一面に広がってとても美しいんです。ぜひ玲香さんにも見ていただきたい」

「まあ……そうなのですね。ぜひ、拝見したいです……」

彼が見所を説明してくれる間、なんとか気力を振り絞って会話のキャッチボールをする。しかし、男慣れしていない私はすっかり彼の色香にあてられてしまい、会話の内容などは何一つ頭に入ってこなかったのだった。

それから私達は家族も交えて結婚の意思を確認し、私の大学卒業を待って結婚することになった。

卒業までの期間、知廣さんとはデートをしたり、会えない日はメールや電話のやりとりをしたりして、少しずつ距離を縮(ちぢ)めていった。

そして、お見合いから数か月後——無事大学を卒業した私は、夜景の見えるレストランで知廣さんから指輪を渡され、改めて「結婚してください」とプロポーズされたのだ。

その時は、昇天してしまいそうなほど幸せだった。

身内だけの神前式を行(おこな)い、私の親族や友人など親しい人だけを集めた披露宴(ひろうえん)も済ませた。

そしてついに、彼との新生活が始まる。

だが、私達……否(いな)、主に私にとって、本当の夫婦になるための試練はここから始まるのだった。

一

　結婚式の翌日に入籍も済ませ、晴れて大日向家の嫁になった私、英玲香改め、大日向玲香。

　これから大好きな知廣さんの妻として新しい生活が始まる。

　引っ越し当日、荷物は事前に業者さんにお願いしてあったので、私は単身大日向家に向かった。

　知廣さんは家まで迎えに行く、と言ってくれたのだが、彼も忙しいだろうと考えて丁重（ていちょう）にお断りした。

　――これからずっと一緒にいられるんだし、引っ越しくらい彼の手を借りなくても大丈夫！

　なんて思いながら一人で純和風建築の豪邸である大日向家の門をくぐった私なのだが、出迎えてくれたお義母（かあ）様の反応は、予想していたものとちょっと違った。

「いいですか、玲香さん。知廣と正式に結婚したからにはあなたは大日向家の一員です。よって今日からはもうお客様扱いはしません。一日も早く知廣に、そして大日向家に相応しい嫁になっていただきますので、そのつもりでいてください」

お義母様に連れられてリビングに移動した私は、出されたお茶に手を付ける間もなくこう言われた。

ご挨拶に伺った時はいつも笑顔で、物言いもとても穏やかな印象だったけど、今日は表情が硬く声も低い。

そんなお義母様に若干戸惑いはしたが、もちろん私もそのつもりで嫁いで来たので反論はない。

「はい、お義母様。一日も早く、この家の嫁として認めていただけるよう、精一杯努力いたします」

笑顔で応えた私に頬を緩めたお義母様は、テーブルの上に置いてあった冊子のようなものを差し出してきた。

「これは、我が家の嫁として、あなたに覚えていただくことを纏めたものです。細かく記しておきましたから、早く覚えてこの家に相応しい嫁になれるよう精進してくださいね」

冊子を手に取った私は、その表紙に釘付けになった。

【大日向家の嫁とは　上】

――すごい厚み……しかも上ってことは、下もあるの……!?　それにこの筆文字、もしかして全てお母様の直筆……？

　さすがに戦慄し、体中の毛穴から汗が噴き出してくる。……いや、もちろん想定内ではあるのだが、まさかここまでとは思わなかった。

「あ……ありがとうございます、頑張ります」

「では嫁修業は一週間後から始めますからね。よろしくお願いしますよ」

「えっ？」

　嫁修業とはなんぞや？

　何気なく聞き返したら、お義母様の目が鋭くなった。

「何か問題でも？」

「いっ、いいえ、なんでもありません！」

　厳しい声に、ぴんと背筋が伸びる。どうやら質問が許される雰囲気ではなさそうだ。

　お義母様は私をチラッと見た後に、フー、と小さく息を吐いた。

「うちは商売もあるから、覚えていただくことが山のようにあるの。家の仕事にある程度慣れたら、店の仕事も覚えていただきますからね。よく読んでおいてちょうだい？」

「はい、お義母様」

「それとですね……」

　お義母様がさらに何か言おうとした時、リビングのドアが開く音がした。そちらを見れば、スーツ姿の知廣さんが入ってくるところだった。

お仕事モードの知廣さんは、これまで私が見てきたプライベートな彼とは印象が違う。いつもよりきっちり纏められた髪に、ダークな色合いの三つ揃いスーツを着た知廣さんに、私の目は釘付けになる。

——はわわわわ……か、格好いい……知廣さん、素敵すぎます……!!

お義母様の前だということも忘れ、私は知廣さんから目が離せなくなった。

「お母さん。玲香は来たばかりなんですから、それくらいにしておいてください」

「知廣。あなたいつから……」

突然現れた知廣さんに、お義母様も驚いているみたいだった。

「今、仕事を抜けてきたところです。初日からお母さんのペースで物事を進めるのは、まだ難しいと思いますよ」

「何を甘いことを言っているんです。あなたはわからないかもしれないけれど、こういうことは最初が肝心なのよ」

「肝心かどうかはさておき、彼女は大日向の嫁である前に私の妻ですから。それをお忘れ無きように」

知廣さんにぴしゃりと窘められて、お義母様がぐっと口を真一文字に引き結ぶ。

知廣さんとお義母様の間に流れる空気がピリピリし始める中、私は知廣さんに『玲香』と呼び捨てにされたことが嬉しくて、一人じーんとその喜びに浸っていた。

——ウワアア……玲香。だって……!!　家族以外の男性に呼び捨てにされたの初めて……！

いつの間にかこちらへ近づいてきた知廣さんが、私の手を掴んだ。

「行きましょう。この家の中を案内しますよ」

「あっ、はい。お義母様、お話の途中で申し訳ありません」

お義母様に頭を下げると「いいわ。お行きなさい」と、仕方なさそうに言われた。

「玲香さん、ここに段差があります。足下に気を付けて」

「は、はい」

——あれ、また『玲香さん』に戻っちゃった……

少し残念な気持ちで彼の後をついて行くと、いきなり知廣さんに謝られる。

「来て早々母が申し訳なかった。気分を悪くしたのではないですか？」

そう言って、心配そうな視線を送ってくる知廣さん。その優しさに感激しながら私は首を横に振った。

「いいえちっとも。お義母様も仰っていましたが、厳しく接してくれるのは私を大日向家の一員として認めてくださった証ですから、とても嬉しかったです」

「そんな風に思ってくれてよかった。母の物言いのキツさは今に始まったことではないので、私達家族は慣れてしまっているのですが……。もし玲香さんを傷つけるようなことを言ったら、母に遠慮などせず私に相談してください。いいですね？」

「は、はい……！」

――知廣さん、優しい……！　好き……!!

こんな素敵な方の妻になったなんて、今でもまだ信じられない。でも、これは夢ではないのだと喜びを噛みしめる。

ふわふわと頭の中がお花畑になりかけたところで、ハッと我に返った。

「あっ、そういえば知廣さんお仕事中では？　ここに来ちゃって大丈夫なんですか？」

半歩先を歩く知廣さんに声をかけると、彼は肩越しに私へ視線を送ってくる。

「結婚したばかりの妻が引っ越してくるのに、出迎えない夫なんて冷たすぎるでしょう。さすがに私はそんな夫になりたくないのでね」

「えっ、そうですか？　私はそんな風には思いませんけど……」

「玲香さんはおおらかだな。まあ、そんなところがあなたの良いところでもありますが」

知廣さんは広い大日向家の中を一通り案内した後、私と彼の居住スペースとなる二階へ移動した。

「同居とはいえ、二階を使用する者は私達以外にいないのでね。ここでは家族に気兼ねなくゆっくり過ごしてください」

木製の手すりのついたL字階段を上りながら彼の言葉に頬を赤らめる。だってそれって、二階は私と知廣さんの二人だけの空間っていうことだ。私の胸のドキドキがさっきよりも激しくなる。

——ど、どうしよう……これから一緒に暮らすっていうのに、側にいるだけでこんなにドキドキしてしまうなんて。私の心臓がもたないかも……！

そんな心配をしていると、先を行く知廣さんが私に声をかけてくる。

「ここが二階のリビングです」

知廣さんが階段を上がってすぐの木製のドアを開く。

私の視界に飛び込んできたのは、白で統一されたシンプルなリビング。ソファーもテーブルも、とてもおしゃれなデザインですごく目を引く。はっきりいってかなり私好みだ。

「わあ、素敵……！」

テンションの上がった私は、促されるまま部屋の中へ進みソファーにそっと触れてみる。柔らかなレザーは眩しいくらい白くてシミ一つない。

「あの、もしかしてここにある家具って全部新品だったりします？　知廣さんが選んでくれたんですか……？」

「ええ。本当ならあなたと一緒に選びたかったのですが、引っ越しまでの時間があまりなかったのでこちらで選んでしまったんです。もし気に入らないようでしたら交換することも可能ですので……」

言いながら、知廣さんが申し訳なさそうな顔をする。が、そんな心配は無用である。

「とんでもない!!　どれもすごく私の好みです!!　素敵な家具を選んでくださってありがとうございました!!」

私がお礼を言うと、知廣さんはホッとしたように柔らかく微笑んでくれた。

「そうですか。そう言ってもらえてよかった」

その微笑みがキュンキュンしちゃうくらい素敵で、私は心の中で大いに悶える。

——あーん、素敵……!!　知廣さんの笑顔は私のご馳走です……!!

彼が私のために選んでくれた。そう思うだけで、私の中から幸せホルモンのセロトニンがどくどく分泌されてくる。とてもとても幸せ。

連れだってリビング内のドアを開けると、そこには立派なキッチンがついていた。

「はっ!　二階にもキッチンがあります……!」

一階にすごく大きくて立派なキッチンがあったのに、二階にもあるなんて。

「ちょっと小腹が空いた時や、お茶が飲みたい時にいちいち一階に行くのは面倒でしょう?　それに玲香さんはお菓子作りが好きだと釣書に書いてあったのを思い出してね」

――私のことを考えてキッチンを……？

彼の優しさと気遣いに胸がキュッと締め付けられる。幸せすぎて体が震えてきた。

「ありがとうございます、知廣さん。何から何まで……あの、知廣さんお菓子はお好きですか……？」

「お菓子ですか？　ええ、たまにいただきますよ。ブラウニーなんか好きですね」

ブラウニーを頭に思い浮かべる。知廣さんとブラウニー……合う!!

「ブラウニーですね、じゃあ、今度お作りします！」

私が満面の笑みを浮かべて返すと、知廣さんがクスッと笑ってくれる。

「はい、ぜひ。楽しみにしています。さて、次は寝室ですね。玲香さん、こちらへ」

幸せに浸る私を見てフッと笑った知廣さんが、そう言って歩き出す。慌てて後に続くと、彼はリビングの奥にあるドアを開けた。

「ここが寝室です。どうぞ」

「は、はい……失礼します」

ドアを開けてくれた彼の横からスルリと寝室に入る。視界に飛び込んできたのは、私が実家で使用していたダブルベッドよりもさらに大きい、おそらくキングサイズはあろうかという大きなベッドだった。

「ベッドも新調したんです。これぐらいの大きさがあれば、お互いゆったりと眠れると思ったんですが、どうでしょう」

「ゆ、ゆったり……確かに！　これならお互いゆっくり眠れますね……」

特に表情を変えず、サラッと言ってくる知廣さんに相槌を打つ。

当たり前のように一つのベッドで一緒に寝ると言われて衝撃を受ける。でも考えてみれば、夫婦になったのだから一緒に寝るのは当たり前だろう。

なんだか、想像したらドキドキして顔が熱くなってきてしまった。

――こっ、今晩から知廣さんとこのベッドで、一緒に……！

そう思うと途端に体に緊張が走って顔が強張る。それに何より今夜は新婚の私達が初めて一緒に過ごす夜。いわゆる初夜なのだ。

実は今日のこの日まで、私と知廣さんは体の関係になることはおろか、キスすらしていない清い関係のままなのである。

結婚式も披露宴もしているのになぜ今日が初夜なのかというと、私にもよくわからない。ただ、これまでもデートの際にいい雰囲気になりそうな時に限って、知廣さんに予定が入ったり、私の帰りを心配した過保護な父から電話が入り帰宅を促されたりした。

結婚式の後も、彼の仕事の都合で別々の家に帰ることに。そのおかげで同居を開始する今日まで、プラトニックな関係を維持することになってしまったのだ。

まったく男慣れしていない私ではあるが、何回かデートを重ねるうちに一度くらいは体を求められたりするんじゃないかと、期待（?）していたところもあった。

だけど、そんな気持ちをよそに知廣さんが私に触れることはほとんどなかった。

これにはさすがの私も、不安を抱かざるを得なかった。なんせ恋愛経験が皆無の私には、これが普通なのかそうでないのかもわからない。

でも、知廣さんは会えば優しく接してくれるし、常に私を気遣ってくれる。今日だって忙しい中、仕事を抜けてまで出迎えに来てくれた。

何が正解かなんて私にはわからないけれど、少なからず彼から思われているのは感じ取れる。

お見合い結婚の私達はこれからじっくりと関係を深めていけばいい。夫婦生活はまだ始まったばかりだし。……そう結論づけて今に至る。

――悩んだ時もあったけど、今こうして知廣さんの側にいられる。それだけで、私は充分幸せです……！

そんなことを思いながら近くにいる知廣さんを見つめ、うっとりする。

「玲香さんの荷物ですが、寝室の隣にあるウォークインクローゼットに纏めてあります。小物などは、ウォークインに備え付けの収納棚を自由に使ってもらって構いませんから」

「は、はいっ。わかりました！」

幸せで意識がどこかに行っている間に、知廣さんがテキパキと指示を出してくれていた。

――いけないわ、私ったら……今はぼんやりしている場合じゃなかった。

知廣さんに言われて改めて、寝室の奥にあるウォークインクローゼットをチェックする。クローゼットとはいえ、優に大人一人分の布団が敷けてしまえそうなほどの広さがあった。

引っ越しにあたり私物を減らし、持ってくる荷物を厳選してきたので問題無く入りそうだ。

それにしてもさすが大日向家。どこもかしこも広い！　と感心しながら振り返ると、ちょうど私の後ろにいた知廣さんにぶつかってしまった。

「きゃっ！　も、申し訳ありませ……」

ぶつかった鼻を手で押さえながら知廣さんを見上げると、彼は優しく微笑み、私の肩にポンッと手を乗せた。

「申し訳ありません、なんてそんな仰々しい。私達はもう夫婦なのだから。ね、玲香さん」

ね、と私に同意を求める知廣さんの目がとても優しくてドキドキする。

私は彼から視線を外せないまま、小さく何度も頷いた。

「は、はい……そうですよね、私達もう夫婦なんですものね。あっ、じゃあですね、知廣さんも私のことは『玲香』と呼んでください。それに敬語もやめてくださると嬉しいです」

私に気を使ってくれるのは嬉しいけど、なんとなく他人行儀な気がする。できたら、もっと気楽に話しかけてほしい。

「わかった。癖でたまに敬語が出てしまう時があるかもしれないが、努力する。玲香も俺のことは好きに呼んでくれて構わないから」

知廣さんはにっこりと微笑み、私のお願いを聞いてくれた。

「わ、私はもうしばらく知廣さんのままでお願いします」

——さすがに彼を呼び捨てにするとか、無理だ。ハードルが高すぎる！

おずおずと申し出ると、彼はフッと軽く笑う。

「わかった。君の好きなようにするといい」

「ありがとうございます。でも、ちょっと話し方を変えるだけでだいぶ変わりますね。少し夫婦らしくなった気がするかな、なんて……」

「夫婦らしく、ね」

何やら小さく呟いた知廣さんの顔が、私の耳に近づく。耳に吐息がかかり、驚いた私はびくんと肩を揺らした。

「ち、知廣さん……？」

「さっき、ベッドを見て赤くなっていたでしょう。玲香は何を考えていたのかな？」

「えっ！」

驚いて知廣さんを見れば、口元に笑みを湛えながら私の返事を待っている。

「やっ……その！　大きいベッドだなって、おもっ……」

初夜のことを考えていた、なんて言えるわけない。動揺してしどろもどろになっている私を見て、知廣さんが可笑しそうに頬を緩める。

「本当に？　何か違うこと考えていたんじゃない？」

そう言って意味ありげな視線を送ってくる知廣さんに、私の心拍数が急激に上がる。

「かっ……そんな……ちょっ、ちょっとだけです！」

彼の視線にテンパった私は、つい正直に白状してしまう。

いつもと違う知廣さんに、私の調子も完全に狂ってしまったようだ。

「相変わらず玲香は面白いね。でも、こうなんでもかんでも顔に出てしまうのは少々困りものだな」

「えっ!?　私そんなに顔に出てますか？」

「出てるよ。さっきは、まるで桜の花のように頬を赤く染めていた。でも……」

いつの間にか距離を詰めた知廣さんが、私の顎をくいっと指で持ち上げる。

「こんなに可愛い顔は、俺以外の男に見せてはいけないよ。いいね？」

彼の言葉と妖艶な視線に、ぞくりと皮膚が粟立つ。返す言葉に詰まった私は、返事の代わりに何度も小さく頷いた。

そんな私に、顎から手を離した知廣さんがクスッと笑う。

「妻の期待に応えたいところだが、さすがに引っ越して来たばかりで疲れている君に襲いかかるようなことはしないよ。今夜はゆっくり休むといい」

「えっ？」

——今、しないって言った？

「じゃあ、悪いけど仕事に戻るよ。夕方には戻るから、夕食は一緒に取ろう」

「は……はい」

知廣さんはキョトンとしたまま動けない私の頭を一撫でした後、部屋から出て行った。

広い部屋に一人残された私は知廣さんの言葉が気になりつつも、とりあえず手つかずの自分の荷物を片付けることにした。


夕食は一階の食堂で家族揃って取るそうだ。

六人掛けの大きなダイニングテーブルが中央にある広い部屋では、給仕を担当する年配の女性が忙しなく働いていた。なんと、この家の食事は全て住み込みで働いている方が作ってくれるのだという。

『母は定休日以外、この家の隣にある料亭おおひなたで女将をしているんだ。だから一緒に夕食を取るのは、祖父母と父と私達の五人だよ』

事前に知廣さんから聞いていたとおり、お義母様を除いた家族五人が席についた。

おおひなたを創業したお義祖父様と、それを引き継ぎ事業を拡大して、さらに大きく成長させたお義父様。その息子の知廣さん。そしてお義祖母様に囲まれつつ、新入りの私は緊張しながら嫁いで初めての夕食をいただく。

大日向家の食事は基本和食。品数が多く、いくつもの小鉢が目の前に置かれる。お義祖父様もお義父様も元々は料理人だったそうで、味に関してはとても厳しいらしい。

一人息子の知廣さんは料理の道ではなく、ゆくゆくは家の会社経営をするために大学は経営学部に行ったとデートの時に聞いた。

食事中、お義祖父様とお義父様はポツポツ喋る程度で私にはほとんど話しかけてこない。でも、喜寿を迎えたばかりのお義祖母様は気さくに声をかけてくれる。お気に入りのお蕎麦屋さんが入っているのが私の実家の持ちビルだと知るや否や、パアッと表情を輝かせた。

「あら、そうなの!?　私あのお蕎麦屋さんがこの辺りでは一番美味しいと思っているのよ」

「はい、私もそう思います。それに、あそこは天ぷらもとっても美味しいですし」

「そうそう、天ぷら！　美味しいわよねえ。後ね、私あの店の蕎麦がきが好きで……」

「お祖母さん。その調子で話しかけ続けたら、玲香が食事できませんよ」

苦笑しつつ、知廣さんがやんわりとした口調で会話に割って入る。

どうやら知廣さんは、家族に対しても敬語で話すようだ。

「ああ、そうね。ごめんなさい、玲香さん。この件についてはまた今度改めてお話ししましょう。ゆっくり食べてね」

「はい。ありがとうございます」

お義祖母様と知廣さんの優しさに感謝しつつ、手の込んだ夕食を堪能した。

食後は煎れてもらったお茶を飲みつつ、しばしの団欒タイム。

相槌を打ちながら話に耳を傾けていたら、お義父様が「今日は夫婦でゆっくりしたらいい」と言ってくださった。

丁寧に挨拶をして食堂を出た私は、知廣さんと一緒に二階のリビングへ移動する。

部屋に入るなり、急に二人きりになったことを意識してドキドキしてしまう。そんな私に、知廣さんが声をかけてきた。

「玲香は、食事の後、いつもどんな風に過ごしてる？」

「えっ、私ですか？　そうですね、これまでは家族でお茶を飲んだり、一緒にテレビを観たりして過ごしていました。気分によっては、自分の部屋に籠もることもありましたが……」

「そう。テレビを観るなら、いくつか動画配信サービスに加入しているから、利用するといいよ」

リモコンを手にした知廣さんが、動画を観る方法を教えてくれる。

しかし、両親が結構なアナログ人間だったため、私もこういうものに関してはさっぱりだ。

映画は映画館で観るか近所のレンタルショップで借りる――という認識だったから、家でいつでも映画やドラマが観られると聞いて感動してしまった。

「す、すごい……！　こんなに色々観られるなんて！　素晴らしいサービスですね！」

リモコンを持って興奮する私に、知廣さんは呆気にとられた表情を見せる。

「……玲香が住んでいたのは、同じ日本だと聞いていたが」

「……す、すみません、私こういうの、本当に疎くて……」

「君、スマートフォンを使っているだろう。加入している配信サービスはそちらでも利用することができるよ」

「えっ？　そんなこともできるんですか？　私、あんまりスマートフォンを使いこなせていないので、そういう機能があるなんて知りませんでした」

通話とメールと、友人の撫子（なでしこ）さんに教えてもらった通話アプリくらいしか使っていない。

その他の機能が眠ったままになっているスマートフォンは、はっきり言って宝の持ち腐れでしかないと常々思っている。

しばらく私を見ていた知廣さんが、徐々に肩を震わせ始めた。

「なんだか、らしい、ね」

「ま、また笑われてますね、私……お恥ずかしい……」

しょぼんと肩を落とすと、知廣さんの大きな手が私の頭を優しく撫でた。

「恥ずかしくなんてないから。少なくとも、俺は可愛いと思っているよ」

彼の手の温もりが頭からじんわりと伝わってくる。そのせいだろうか、私の顔に熱が集中してきた。

――知廣さん、や、優しい……!!　もう、大好き……!!

「ち、知廣さんっ……」

「ちなみに、どんな映画が好きなの？」

思わず、好きです、と口に出しそうになった瞬間、彼が質問を被せてくる。

「えっ？　あ……ゾ、ゾンビ映画とかのホラー、です」

一瞬真顔になった後、知廣さんの口元が可笑（おか）しそうに歪（ゆが）む。

「……玲香は意外性の塊みたいな人だな」

知廣さんはそう言って、口元に手を当て再び肩を震わせた。

その後、テレビやブルーレイなどの操作方法を教わっているうちに、気がついたら夜の十時を回っていた。

引っ越し初日だし、早めに寝た方がいいと言う知廣さんに従い、先にお風呂に入らせてもらう。……けど、彼と一緒に寝ると思うとどんどん緊張してきた。

――どど、どうしよう、緊張して口から心臓が飛び出そう……

体を洗いながら、ふと昼間の知廣さんの言葉を思い出す。

――何もしないって言ってたけど、本当かな……。でも、同じベッドで寝ることには変わりないいんだよね……？

もう一度念入りに体を洗ったり、鏡で体のラインをチェックしたりしていたら、あっという間に一時間ほど経ってしまい慌ててバスルームを出た。がしかし、今度は脱衣所に置いてあるバスローブに頭を抱えることに。これを着て出た方がいいのかどうか悩んでしまう。

――実家ではパジャマだったから、バスローブって着たことがないのよね……

悩んだ末、寝る時のことを考えて持ってきたパジャマに着がえてリビングに戻った。

そこには、ソファーに浅く腰掛けてパソコン作業をしている知廣さんがいた。

「遅くなってしまってすみません。知廣さん、お風呂どうぞ」

「ああ……うん。ゆっくりできた？」

「はい。浴槽がすごく広くて快適でした」

「そう。それはよかった」

パソコンを閉じながら微笑んだ知廣さんは、ソファーから立ち上がるとこちらに向かって歩いてくる。

そしてすれ違いざま、私の頭に顔を近づけた。

「いい香りがする。シャンプーかな？」

「えっ！　か、香りですか？　いつも使っているものなので私にはよくわからなくて……」

自分の髪を一房掴み香りを嗅いでいると、知廣さんが私の耳元でこそっと囁いた。

「先にベッドに入ってて。すぐに行く」

──えっ、ええ!!　それって、まさか……

慌てて振り返るが、知廣さんの姿はすでに無かった。だけど確かに、先にベッドへ、と言われた。ということは……ついに、初夜……!?

それを意識した途端、私の心臓が再びどっくんどっくんと大きな音を立て始める。

──昼間は何もしないって言ったけど、やっぱり……!?　ど、どうしよう、私どんな顔で待っていればいいの……

「こ……こうしちゃいられないわ、とりあえず寝室へ」

急いで寝室に移動して、慌ててドレッサーで自分の姿を確認する。その後、緊張しながら一声、「お邪魔します」と言ってからベッドに体を滑り込ませた。

ベッドは弾力があってめちゃくちゃ寝心地が良さそうだ。それに、掛け布団もすごく柔らかくて気持ちがいい。思わず頬ずりしたくなってしまう。

知廣さんの選んだものに間違いはないな……なんて思っていると、入浴を終えた知廣さんが寝室に入ってきた。

バスローブ姿の知廣さんは、生乾きの髪が色気を増大させている。さらにバスローブの合わせから覗く素肌が、なんというか、え……えろ……い……

気づいたら彼をガン見していたので、私は慌てて彼から目を逸らす。

「お先に……お邪魔させていただいてます……」

「お邪魔って。それより布団はどうだろう？　軽くて温かいものを選んだつもりだけど、気に入ってもらえたかな」

「は、はい！　すごく肌触りがよくて気に入りました。ぐっすり眠れそうです」

知廣さんが髪をタオルドライしながら、間接照明を点けてベッドの端に腰を下ろす。

「それは何より。で、玲香。今日一日ここで過ごしてみてどうだった？　何か困ったことや不安なことはある？」

「困ったこと……」

聞かれて、ついつい視線が枕元に置いてある、お義母様から渡されたマニュアル本にいってしまう。困っているというより、ちゃんと覚えられるか不安で。

それに気づいた知廣さんが、マニュアル本を手に取った。

「大日向家の嫁とは……なんだ、これ」

彼は怪訝そうな顔で、パラパラと本を捲る。

「今日、お義母様からいただいたものです。一日も早く、大日向家の嫁として認めてもらいたいのですが、思った以上に覚えることが多くて……。あ、でも、きちんと一週間後の修業には間に合わせますから！」

すると知廣さんの目が驚きで見開かれる。

「一週間後の修業……？　この本、家族の食の嗜好まで事細かに書いてあるけど……いや、それにしてもこれは多いだろう」

知廣さんの表情がだんだん険しくなってくる。これはマズいと思った私は、慌てて彼の言葉を遮った。

「大丈夫です！　私、やります」

「やるって……」

意気込んだ声を上げる私に、知廣さんが困ったように眉根を寄せる。それを見て、ちゃんと自分の意思で修業をしたいと思っていると説明した。

「お見合いの時、将来的に女将になるのが習わしだと聞いていましたし。お義母様みたいに立派な女将になれるか自信はありませんが、私なりに精一杯頑張りたいんです」

私の言葉を静かに聞いてくれていた知廣さんは、困った顔のままため息をついた。かと思ったら、いきなり布団を捲って、その中に体を滑り込ませる。

その途端、私の左半身がビクン！　と大きく跳ねた。

――わっ！　急に……

「君は、意外と頑固だな」

「す、すみません……」

「いや……頼もしいよ。でも、辛くなったらいつでも言いなさい、いいね？」

「はい、わかりました！」

わかってもらえたことに安心して笑みを向けると、知廣さんの手が私の頭にぽん、と乗せられた。

「……可愛いな。玲香は」

にっこりと微笑んだ知廣さんが、私の頭を何度も撫でる。

ドキドキしながらすぐ隣にいる彼を見つめた。ふと気づいたら、知廣さんと私の距離が随分と狭まっている。

——もしやこれは、キッ……キスの流れでは……？

そう意識した途端、私の体は緊張でこれまでにないくらい固くなる。

自分から目を閉じた方がいいのかどうかもわからなくて視線を泳がせていたら、知廣さんの顔がすぐ近くに迫ってきた。咄嗟に私は、ぎゅっと目を瞑る。次の瞬間、額に温かくて柔らかいものが触れて、すぐに離れていった。

——…………あれ？

キスはキスだけど、おでこ？

たとえおでこでも、キスをしてくれたのはすごく嬉しい。けど、キスと言えば唇のイメージだっただけに、どこか拍子抜けしてしまう。

恐る恐る目を開くと、さっきまですごく近くにいた知廣さんが私から離れていくところだった。

「今日は一日お疲れ様。ゆっくり休んで」

そして知廣さんは、枕元に置いてあった文庫本を手にする。

——これは……どう考えても、初夜っていう雰囲気じゃない……？

「は……はい。ありがとうございます……」

私は布団に潜り込んで、彼に背を向けて横になった。

まあ、最初から何もしないって宣言されていたわけだし……と、無理矢理自分を納得させる。

——そうよ。まだ新婚生活初日なんだし。これからよね……

気持ちを切り替えた私は「おやすみなさい、知廣さん」と声をかける。

すぐに知廣さんから「おやすみ、玲香」と、優しい声が返ってきた。その声音に安心した私は、引っ越し初日の疲れもあってか、あっという間に眠りに落ちていった。

翌朝。気持ち良く目が覚めた私は、身支度を済ませて知廣さんと一緒に食堂へ移動する。

すでに、お義祖父様とお義祖母様。お義父様と、昨夜はいなかったお義母様が席についていた。

「おはようございます」

それぞれに挨拶をしてから席についた私に、着物をピシッと着こなしたお義母様から厳しい声が飛んできた。

「玲香さん、昨日差し上げたものは、全て読まれましたか？」

「えっ!?　あ、あのマニュアルですか？　すみません、まだ三分の一くらいしか……」

昼間は引っ越しの荷物の片付けに追われ、その合間に目を通していたものの、さすがに読み終えるまでにはいかなかった。

——いけない、私ったら……せっかくお義母様がくださったのに、のんきに寝ている場合じゃなかった……！

肩を落としてお義母様を窺うと、矢のような鋭い視線に射抜かれる。

「玲香さん。そのようにのんびりしていていいのですか？　今日はもう一冊お持ちしたのですよ」

そう言いながらお義母様が差し出してきたのは、昨日いただいたマニュアルの下巻。

それを目にした私は、思わず固まる。

——上巻より分厚い……！

お義母様は、呆れた様子でため息をついた。

「これだから最近の若い子は……やっぱりこんな若いお嬢さんにうちの嫁は務まらないので……」

「お母さん。いい加減にしてください」

お義母様の言葉に被せるようにぴしゃりと言い放ったのは知廣さん。なんだか怒っているように感じるのは気のせいだろうか。

「玲香は昨日引っ越して来たばかりなんですよ？　いきなりそこまで厳しくする必要はないでしょう。今の態度はどう見ても嫁いびりをする鬼姑にしか見えませんでしたよ。

ねえ、お父さん」

「なっ……知廣！」

お義母様が眉を寄せて、羞恥なのか怒りなのか顔を赤らめる。

同意を求められたお義父様は、一瞬驚いたような顔をしたものの、言いにくそうに口を開いた。

「まあ……な。今のは母さんが言い過ぎだ。別にそこまで急ぐことはない」

二人に責められたお義母様は、あからさまに不機嫌になり軽く口を尖らせる。

「……二人してなんですか、嫁の肩持って……」

思いっきり場の空気が悪くなってしまい、さすがにこれはマズいと焦ってしまう。

私は両手を太股に乗せて、お義母様に向かって頭を下げた。

「すみませんお義母様！　私がトロいのがいけないんです」

「玲香」

知廣さんが心配そうな顔でこちらを見る。それを視線で「いいんです」と訴える。

「今日一日で全てに目を通します！」

私が明るくこう言うと、不機嫌だったお義母様の表情が、少しだけ和らいだ。

「そう。じゃあ……頑張ってちょうだい」

そう言ってもらえてほっと肩の力を抜くことができた。

朝食後、二階のリビングに戻ったところで知廣さんに呼び止められた。

「玲香。母の言いなりになる必要はないんだよ。女将(おかみ)だってすぐ交代するわけじゃない。なにせ母がまだ現役バリバリだからね」

いつになく心配そうに私を見つめる知廣さんに、胸がドキドキした。

――こんなに私のことを心配してくれるなんて……嬉しい……！

「知廣さん、ありがとうございます。でも、無理はしていないので大丈夫ですよ！　荷物もだいぶ片付きましたし、今日はお義母(かあ)様が作ってくださったマニュアルにしっかり目を通そうと思います」

明るく言うと、困ったように微笑んだ知廣さんの腕が私の体に巻き付き、抱き締められた。

――キャ――――!!　知廣さんの腕が、体があああ――!!

こんなに彼と密着したのは初めてで、私は激しく動揺してしまう。

「……無理だけはしないように。いいね？」

「は、はい……!!　かしこまりました……!!」

本当に、本当に。知廣さんが大好きだから、あなたのためなら頑張れるんです、私。

この日は一日をかけて、お義母(かあ)様からいただいた【大日向家の嫁とは　上・下】を読破した。大日向家の嫁とはどうあるべきかというお義母(かあ)様の熱い思いが、これでもかというくらい詰まっていて、読み終えた私の胸も熱くなった。

――大日向家の発展の裏には、常に妻の内助の功があった。

お義母様はそれを重く受け止めているからこそ、私にも知廣さんを支えなさいと言いたいのだわ。

私も一日でも早く、知廣さんを支えられるような妻になるべくもっともっと精進しないと……!!

強く決意した私は、一週間後の修業開始に向けてマニュアルを読み込んでいく。

そうして迎えた二日目の夜。

昨夜は残念ながら何もなかった私と知廣さんだが、もしかしたら今夜こそ初夜を迎えられるのではないか――夕食後リビングに移動してからというもの、意識してついそわそわしてしまう。

対する知廣さんはというと、いつもとなんら変わることなく、ソファーでタブレットやパソコンを操作している。

果たして、ここから甘い雰囲気になるのだろうか？　と疑問に思い始めた時、時計を見た知廣さんが顔を上げた。

「玲香、そろそろ寝室に移動しようか。風呂は先に入ってくれていいよ」

「は……はい!!」

彼に促されて、私は急いでバスルームに移動した。

——今朝は、なんだかいい感じだったし、今日こそ……かもしれない！

昨日は引っ越してきたばかりの私の体を気遣ってくれたのだとしたら、今日はしっかり休ませてもらったので、まったく問題ないし……

私はごくんと大きく喉を鳴らす。

昨日に引き続き入浴後、結婚する前に友人の撫子さんに選んでもらった勝負下着を身につける。全身隈なくお手入れしてから寝室に行く。

私と入れ替わりにバスルームへ行った知廣さんをドキドキしながらベッドの上で待っていると、彼は十分ほどで戻ってきた。

「今日は一日中、母が作ったマニュアルを読んでいたのか？」

髪をタオルドライしながら、知廣さんが尋ねてくる。

「はい。全部読みました。お掃除の仕方とか、お世話になっているお店のこととか、事細かに書かれていたのでとても勉強になりました。全部お義母様の手書きで、きっと、ものすごく大変だったと思います。本当にありがたくて、頭が下がります」

素直に思ったことを口にすると、ベッドに腰掛けた知廣さんは目を丸くし、眉を下げた。

「……朝、かなりの嫌味を言われていたと思うけど、そんな風に思えるなんて君はすごいね」

「そんなことないです。私なんて、妻らしいことも嫁らしいこともまだ何もしていないのに……」

「妻らしいこと、したいの？」

ニヤッと悪戯っ子のような笑みを浮かべて、知廣さんが私を見つめる。

「え？」

妻らしいことってなんだろう……とキョトンとした次の瞬間、あることに行き着いて顔から火が出そうになった。

「えっ、えっ、え？　それ、は……」

狼狽えているうちに、知廣さんの手が私の頬に触れた。

「玲香は可愛いな。こんなに可愛いのに、なぜこれまで男性と縁がなかったのかな？」

「な、なぜでしょう……周囲が女性ばかりでしたし、父や兄の目が厳しかったのもあるかもしれません……」

言い終えて知廣さんの目を見つめると、優しい視線を返される。

「こんなに可愛いあなたを妻にすることができて、俺は幸せ者だ」

彼の指が、私の頬を優しく撫でる。その感触が気持ち良くてちょっとくすぐったくて、私は小さく身を捩った。

「知廣さんと結婚できて、私も幸せです……」

小声で言うと、知廣さんの綺麗な顔が近づいてくる。あっと思った時には、私の唇は彼のそれによって塞がれていた。

キスされていると認識するまでに数秒かかる。

男性の唇がこんなにも柔らかくて温かいものなのだと初めて知った。

「……玲香、目を閉じて？」

一旦唇を離した知廣さんが、目尻を下げて言った。慌てて目を閉じると、今度は両手で頬を挟まれて、さっきよりも強く唇が押しつけられる。

「んっ……！」

唇の間から肉厚な舌が差し込まれ、私の口腔を蹂躙し始める。驚いて奥に引っ込んでいた舌を彼の舌に絡め取られ、何度も擦り合わされた。

その度に脳内に水気を帯びた卑猥な音が響いて、頭がクラクラしてくる。

――なに、これ……すごい……

「ふっ……んん……」

濃厚でこれでもかとエロスを感じさせる知廣さんのキスに翻弄されて、意識が飛びそうになる。

――ついに私、身も心も知廣さんの妻に……

彼が着ているバスローブの合わせ部分を掴んで、このまま初夜突入の覚悟を決めたその時だった。

私の口腔から彼の舌が消え、唇が離れていく。

――え……？　終わり……？

あっさり終わってしまったキスに、思わず眉根を寄せてしまう。

「これくらいにしておこうか」

そんな彼の声が聞こえた後、私の頭にポンと手が置かれた。

目を開けた私はわけがわからず、目の前の彼を凝視する。

「……あの？」

「今日も疲れただろう。ゆっくり休むといい。俺は少しやり残したことがあるのでね、もうしばらく書斎で仕事をしてくるよ」

「え？　いえ、私そんなに疲れてな……」

「母の書いたあのマニュアルを全部読むのは大変だっただろう？　無理はしないで、ね」

そんな風に気遣われてしまうと、なんとなく反論しづらい。

「あ……はい、わかりました……」

こう素直に返事はしたものの、さっきまですっかり初夜突入のつもりでいた私は、なかなか頭を切り替えることができない。

私から離れた知廣さんは、タオルを手にドアに向かう。そしてドアの前でこちらを振り返った。

「おやすみ、玲香」

いつもと変わらぬ優しい笑顔の知廣さんに、私は無理矢理口角を上げて笑みを浮かべた。

「お、やすみなさい、知廣さん……」

パタンと閉められたドアを見つめたまま、私はしばらく動くことができなかった。

――そ、そんな――!!

頭の中は「なんで抱いてくれないの!?」という疑問でいっぱいだった。

――どうして？　あそこまでしてくれたのなら、最後までしてくれてもいいのに。なんで……？

まさか、結婚してからも触れてもらえないとは思わずじわじわと不安になってくる。

――知廣さん、私のこと本当はどう思ってるんだろう？　初夜がない夫婦って大丈夫なの？　何がいけないのかまったくわからないよ……

もう、どうしていいのか見当もつかない。

悶々（もんもん）とした気持ちと、彼が抱いてくれない不安から、私はふて寝するように布団を被った。

二

私が大日向家に嫁いでから一週間経ち、ついに嫁修業が始まった。

「では玲香さん。まずは床の間のお掃除からいたしましょうか」

「はい、お義母様」

この家の床の間にはおそらく値打ちものの、壺や大皿がいくつも並んでいる。それを常に綺麗に保つのは嫁の仕事なのだそう。というわけで私はお義母様に指導されたとおり、それらを一つずつ慎重に磨き上げていく。

「それが終わったらお庭の手入れをしますよ。いいですね？」

「はいっ！」

この家には隣にある料亭おおひなたに負けないくらい立派な庭があり、そこの管理も嫁の仕事。床の間での作業を終えた私は外に出て、庭を美しく保つべくお義母様の指導を仰ぐ。

この家の男性が何も心配せず外でしっかりと働けるよう、家のことは女性がきっちりやるというのが大日向家の考え方なのだ。

もちろん住み込みの使用人さんや料理人さん達もいるけれど、お義祖母(ばあ)様やお義母(かあ)様がこの生活をしてきたからこそ、今の大日向家、並びに『おおひなた』があるのだという。

——私の実家も先祖代々管理してきた土地を元にして資産を築いてきたんだもの。考え方は一緒だわ。

そう思ったら、自然と修業にもやる気が出る。一日も早く、大日向の嫁として認めてもらえるように頑張ろう。

だけど、そんな私の心は、大きな不安を抱えたままだ。なぜならば——いまだに知廣さんとの初夜を迎えられていないから。

——えーん。どうしてなの？　もう、わけがわかりません……!!

あれからも、知廣さんは一向に私に触れてくることはなく、毎晩ベッドでモヤモヤしっぱなしの日々を送っていたのだ。本当に、彼の考えがまったくわからない……結婚したら自然とそういうことを経験するものだと思っていたのに、なぜ知廣さんは私に手を出してくれないのか。

竹ぼうきで庭を掃きながら悶々(もんもん)としていると、お義母(かあ)様の声が飛んでくる。

「玲香さん、あまり葉っぱが集まっていませんよ。もっと力を入れてしっかり掃いてちょうだい」

「は、はいっ!!　失礼いたしました!!」

――いけない、今はそんなこと考えている場合じゃなかった。しっかりしなきゃ……!!

　お義母様に注意され、慌てて返事をし竹ぼうきを握る手に力を込めた。

　そんなある日、お義母様にお使いがてらお休みをいただいた私は、ランチタイムを利用して友人の神野撫子さんと食事をするため、百貨店に入っている和食処に来ていた。

　撫子さんは小、中、高、大と学生時代を同じエスカレーター式の学校で過ごした大親友だ。彼女は日本有数の大企業、神野グループに属する神野物産の社長令嬢だ。しかも、グループトップの神野ホールディングスを経営する神野家の血縁者。つまり彼女は私より遥かに名家でお金持ちな正真正銘のお嬢様なのである。

　撫子さんは大学卒業後、この近くの神野ビルに入っている系列会社でOLをしており、私のためにランチ時間にここまで出向いてくれた。

「……お話はわかりましたけれど。そこでなぜ私に相談なのです？　玲香さん」

　平日ということもあり年配の女性が多い和モダンな店内で、注文した大盛りヒレカツ定食を前に、撫子さんが割り箸を手にして怪訝そうな顔をする。

「だってこんなこと、撫子さんくらいにしか相談できないんですもの……」

私の前に置かれたのは普通盛りのロースカツ定食。店員さんが去ってから、私も割り箸に手を伸ばす。

「でも、あなたもご存じのとおり、私、彼氏もいませんし男性経験もゼロですからね。玲香さんのお役に立てるようなアドバイスは何一つできませんわよ」

「それでもいいんです、撫子さんに聞いてほしいんです〜〜」

「まあ、聞きますけど」

藁にもすがる思いで泣きつく私に、撫子さんはヒレカツにソースをかけながらニヤッと笑う。

私は食事をしながら、結婚して一緒に暮らし始めたというのに、旦那様が一向に手を出してくれないと打ち明けた。それを聞いた撫子さんも、わけがわからないといった様子で眉をひそめている。

「うーん、よくわからないけれどいい方に解釈するのであれば、あなたを大事にしたいから敢えて手を出さないでいる……かしらねえ。七歳？　八歳くらい年が離れてるんでしたわよね、確か」

撫子さんは話の合間に分厚いヒレカツを一切れ、パクッと口に入れる。

その瞬間、彼女の頬がふわっと緩んだ。

美味しいものをものすごく幸せそうに食べる彼女との食事はいつも楽しい。こっちまでつられて顔が緩んでしまうから。

「はい、そうです……撫子さんの言うとおりならいいんですけど……いえっ、よくない！」

私が急に大きな声を出したので、撫子さんがビクッと肩を震わせる。

「びっくりした。何がよくないの？」

ヒレカツを持ったまま、撫子さんが私に問う。

「私……知廣さんと一緒に過ごすうちに、どんどん彼が好きになってしまって。は、はしたないんですけど……か、彼に触れてほしくてたまらないんですっ！」

「まあ……」

さすがに撫子さんも、私の思い切った告白にちょっと引いていた。

「でも、彼は全然私を欲しがらないし……なんだか不安になってしまって。もしかしたら私、彼に好かれていないのかなって、どんどん悪い方に考えてしまうんです。それに何より……」

ヒレカツを持ったまま固まっている彼女を前に、私は思わず自分の顔を両手で覆った。

「このままじゃ私、自分で自分が抑え切れなくなりそうで怖いんです……!!　まさか、自分の中にこんな欲望が潜んでいたなんて、びっくりなんですけど」

「……つまり、欲求不満で爆発寸前ということなのね？」

ズバリと口にした彼女に、顔から手を離した私はつい恨めしげな視線を送る。

「撫子さん……せっかくオブラートに包んだのに」

静かに納得してヒレカツを口にする撫子さん。私はがっくりと肩を落としながら、ロースカツを口に運んだ。

「だったらいっそのこと、玲香さんから押し倒してみては？」

撫子さんからの大胆な提案に、私は慌てて首を横に振る。

「ええ、無理ですよ、そんな……！」

「大昔じゃあるまいし、今どき女から誘うのなんて全然アリですわよ」

「そ、そう、かしら……ねえ、撫子さん……私って女性としての魅力が少なかったりします？　だから、知廣さんも手を出してくれないのかしら……撫子さん、どうしたらいいと思います？」

するると、撫子さんが割り箸を置いて私を見つめてきた。

「玲香さんは普通に可愛らしいと思いますけど。小柄で細身で、目も大きくてくりっとしてますし」

「ありがとうございます……ってそうじゃなくて、私から色気を感じるかどうかなんですけど……。男性が手を出したくなるような色香を醸し出すにはどうしたらいいかというご相談で……」

するど撫子さんは呆れたように小さくため息をついた。

「それこそ、女の私にはわかりかねますわ。もういっそのこと知廣さんに直接聞いてみるのがよろしいのではなくて？」

「それができればこんなに悩んだりしません……」

「ですわね。お役に立てなくて申し訳ないわ」

少なくとも好意は抱いてくれていると思う。だけど、私みたいに欲望を感じるほどではないということ？　それとも、私のことを大切に思ってくれているから、手を出さないでいるのか……いやでも……

ぐるぐる考えても、私には答えがわからなかった。

「やっぱり、知廣さんが何を考えているのかわかりません……」

結局私は考えることを放棄して、ガクンと項垂(うなだ)れた。

大人の男性の気持ちなど、恋愛初心者の私には到底理解できるはずもない。考えれば考えるほど迷宮に迷い込んでいく心境だ。

「あらあら……困りましたわね。そうだわ、あなたのお兄様に聞いてみるのはいかがです？　男性の気持ちは男性に聞くのが一番いいと思うのですが」

もぐもぐと順調に大盛りヒレカツ定食を平らげていく撫子さんの提案に、私はギョッとする。

「そんなの恥ずかしくって無理です!!　それにこんなことを家族に相談したら、夫婦仲が上手くいってないのかって心配されてしまいます」

「確かにそうですわね」

　撫子さんが頷く。

「あ！　撫子さんの従兄に、経済界のプリンスと呼ばれている、たいそう女性にモテてる方がいらっしゃるじゃないですか。その方にそれとなく聞いていただくことは……」

　すると、今度は撫子さんがギョッとした顔をして食べる手を止めた。

「征一郎のこと!?　あいつは無理ですわよ！　こんなこと尋ねようものなら目をつり上げて威嚇されるのがオチですわ」

　ありえない、とばかりに彼女は首を横に振る。

　彼女の従兄である神野征一郎氏は、メディアにもよく出ている有名人だ。イケメンでスタイル抜群の彼は、イケてる御曹司として少し前までマスコミを賑わせていた。

「すみません、失礼いたしました。それに、確か征一郎氏は最近ご結婚されたんですよね」

「そうよ。私達とたいして年の変わらない女性と結婚して、すっかり落ち着いたようよ。ああ、そういえば征一郎も三十歳ね。知廣さんと同じくらいかしら」

「はい、そうです」

私がこくんと頷くのを見て、彼女は箸を置いた。大盛りのヒレカツ定食はいつの間にか綺麗に無くなっており、撫子さんは手を挙げて店のスタッフを呼んだ。

「キャベツとお味噌汁のおかわりをいただきたいのですが、よろしいでしょうか？」

「はい。かしこまりました」

この店はキャベツとお味噌汁のお代わりが自由。ちなみに撫子さんは細い見た目に反してかなりの大食いなのだ。

昔から変わらぬ彼女の食べっぷりに感服しながら、私は自分のロースカツを口に運ぶ。

「やっぱり、あなたを大事に思っているから手を出さないのでは？　むしろそれは、彼が紳士であることの証なのではないかしら」

「そうなんでしょうか……」

「不安なのはわかりますけど、もう少し様子を見てもいいんじゃないかしら。それより大日向家での新しい生活はどうなのです、これから先も上手くやっていけそう？」

おかわりのキャベツがお皿に盛られたところで、撫子さんが私にこう尋ねてくる。

「上手く……そうですね、最初にお義母様から、大日向家の嫁マニュアルのようなものをいただいたんですけど」

「なんですの、嫁マニュアルって」

撫子さんがぐっと眉根を寄せる。

「うーん、簡単に言うと大日向家の嫁なら知っておかなければいけないことを、お義母(かあ)様が冊子に纏(まと)めてくださったものなんですけど」

「怖っ。そんなものがあるのですか!?」

「ええ。大日向家ではお掃除や雑用などの仕事は、基本的にはお嫁さんの仕事なのだそうです。もちろん、使用人の方もいますから全部ではないんですけど。教えてもらったことを精一杯やっているつもりなんですが、お母様からすればまだまだらしくて。毎回のように注意を受けてしまって……。でも、毎日が刺激的でとても充実しています」

心の底からそう思っている私は、撫子さんに笑顔で話す。対して彼女は信じられない、と言いたげに眉間(みけん)の皺(しわ)を深めた。

「私だったらそんな毎日、絶対耐えられませんけど」

「厳しくしてくれるのは、お義母(かあ)様の愛だと思うんです！　人に厳しくするって、相手に嫌われる可能性があるし自分も疲れるから、できればしたくないですよね。なのにお義母(かあ)様は、毎日毎日それは厳しく指導してくださるんですよ？　もう、ありがたくって涙が出ます……!!」

叩かれたりするのは痛いから好きじゃないけど、厳しくされるのは昔からまったく平気なのだ。だって、それだけ自分のことを思ってくれているということだから。だけど……

――なぜか、周囲から鋼のメンタルを持つ女と呼ばれているのよね。なんでだろう？

目を輝かせて力説するけれど、撫子さんは口をへの字にして肩を竦めた。

「ああ、玲香さんはそうでしたわね……あなたとは子供の頃から親しくさせていただいていますけど、いまだに不可解ですわ、その思考」

彼女が不思議な生き物を見るように私を見てくるので、私はつい口を尖らせる。

「それを言うなら撫子さんだって……一体、その細い体のどこにそんなにたくさん食べ物が入るのか、いまだに不思議でなりません」

どんどん減っていく撫子さんのキャベツを眺めながら、私は食事の手を止める。

「玲香さん、この後デザートを食べる時間はあるかしら？」

「すみません。残念ですが、今日はもうお腹いっぱいなので、デザートはまた今度にしましょう」

もりもりキャベツを食べる撫子さんに笑みを向けると、彼女も「そうね」とにっこり微笑んだ。

久しぶりに仲良しの友人に色々話して、随分気持ちがすっきりした。

だけど、根本的なことは何一つ解決されておらず、ついついがっくりしてしまう。

撫子さんと別れた私は、とぼとぼと家路についたのだった。

株式会社おおひなたの専務である知廣さんは、社長であるお義父様と共に接待に呼ばれることも多い。

実際、私が嫁いできてからも接待で夕食はいらない、と連絡を受けることが何回かあった。

今日もお義父様共々接待が入ったらしく、夕食の席に知廣さん達の姿はない。

お義母様は料亭に行っているので、今日の夕食は私と、お義祖父様、お義祖母様の三人だ。

「玲香さんは、この家での生活にもそろそろ慣れてきたかしら？」

この家の中で一番温和なお義祖母様が、ニコニコしながら私に話しかけてくれる。

「はい、おかげ様で。お義母様には、まだご迷惑をお掛けしてしまっているんですが……」

食事をしながら伏し目がちに答えると、お義祖父様がぽつりと口を開いた。

「悦子さんは確かに厳しいが、それも皆この家と店のことを思ってのことだ。料亭を切り盛りする手腕は確かだし、彼女がいなければ、『おおひなた』はここまで大きくならなかっただろう」

私はお義祖父様の言葉に、しっかりと頷く。

「彼女は一生懸命なだけで、決して悪い人ではないよ。そこをわかってやってほしい。どうか諦めずにね、玲香さん」

「はい、承知しています。女将の仕事で忙しい中、色々なことを丁寧に教えていただいて、とても感謝しています。早く期待に応えられるよう頑張ります！」

それに……そうすれば、知廣さんも私のことを妻として認めてくれるかもしれない。

それが、散々悩んだ末に私が出した結論だった。

「そうかそうか、頼もしいお嫁さんが来て我が家は安泰だなあ。こんな嬉しい日は旨い酒でも飲みたくなるな」

お義祖父様がハハハと声を上げて笑うと、何か思い出したようにあっ、と言ってから私に声をかけてくる。

「そうだ玲香さん、君、お酒は飲めるの？」

いきなり話が変わって、キョトンとする。

「お酒……ですか？　はい、実家で何度か父の晩酌に付き合ったことがありますので、それなりには……」

するとお義祖父様の顔に満面の笑みが浮かぶ。

「そうかそうか。それならばちょっと付き合いなさい」

嬉しそうに席を離れたお義祖父様は、手に一升瓶とグラスを持って戻ってきた。

「付き合いのある酒蔵でいただいたものなんだ。玲香さんも飲んでみなさい」

「あ、はい。では……」

お酒は飲めないわけではないが、特別好きというわけでもなかった。でもお義祖父様が嬉しそうにグラスを差し出してきたので、笑顔で受け取る。

「いただきます」

お義祖父様とお義祖母様に見つめられる中、そっと口に含むとスッキリしていて、フワリと爽やかな香りが鼻をくすぐる。日本酒だからアルコール度数は高いはずだけど、それがあまり気にならない。

――あっ。これは……すごく飲みやすい。

「美味しいですね、このお酒」

思わずそう言うと、お義祖父様が「そうだろう」と微笑んだ。

「私はこの酒が昔から好きでね。なんと言っても、和食によく合うんだ」

「確かに。飲み口がスッキリしているから、お料理が進みます」

私はお義祖父様の言葉に頷きながら、お酒と一緒に料理を味わった。

――お料理に詳しい方が選んだお酒って、やっぱり違うのね。さすがだわー！

感心しながらお酒を飲み進める私を、お義祖母様が心配そうに見つめてくる。

「玲香さん、あまり飲み過ぎないようにね？」

「はい、気をつけます！」

笑顔で請け合った私は、お義祖父様とお義祖母様と夕食を楽しんだのだった。

そうして、食事を終えた私は——二階のリビングのソファーでぐったりしていた。

——飲んでいる時は大丈夫だったのに、体が火照ってきたなーと思ったら一気に回ってしまったわ。

つまりは、飲み過ぎ。普段ならちゃんと自制できるのに……

団扇で顔に風を送りながら、私はぼんやりと時計を見る。

あまり遅くならない、と知廣さんは言っていたから、そろそろ帰ってくる頃だろうか。

スマートフォンをチェックしてみるが、彼からメールもメッセージも来ていなかった。

——知廣さん、まだかな……

会ったその日に恋をして、とんとん拍子に結婚してしまった。だけど、彼への気持ちは、私の中で落ち着くどころか、日に日に大きくなっていってる。

でも……夫婦となった今でも、まだ片思いしているみたいなこの状況が、最近少しだけ辛くなってきている気がする。

ソファーの背もたれからずるずる体を滑らせて、そのままコテン、と横になった。

「知廣さん……」

——なんで抱いてくれないの？

さっきは彼に妻として認めてもらえるように頑張る——なんて息巻いていたのに、今の私にその勢いはない。むしろ不安で寂しくて、頭の中は弱音ばかり。

じわっと目に涙が溢れてきた時、リビングの扉が開いた。

「ただいま……え⁉」

ドアから姿を現した知廣さんは、ソファーでトドのように横になっている私を見て目を丸くする。

「玲香、どうした？」

手にしていたスーツのジャケットとビジネスバッグを床に置き、彼は小走りで私のもとへやって来る。ソファーの前に膝をついて、私の顔を覗き込んできた。

そんな知廣さんに、何を言っていいのかわからない。

私はお酒のせいだけでなく羞恥で熱くなり出した顔を手で隠しながら、体を起こした。

「ごっ……ごめんなさい！　なんでもないんです、ちょっと、お夕食の時にお酒を飲み過ぎてしまって……」

「酒？」

知廣さんの眉が、ピクッと反応する。

「こんなに酔っ払うまで飲まされたのか？　誰に？　お祖父様か？」

少し怒りを含んだその声音に、ハッとなって彼を見る。

「あっ、ち、違います！　お義祖父様に勧められたお酒を、許容量をオーバーするくらい飲んでしまったのは私です。いただいたお酒がすごく美味しくて、気分的にお酒が飲みたかったこともあって、つい……」

「酒を飲みたい気分だった？　君が？」

ぼんやりしたまま思わず口走ってしまった内容に、マズいと思った。

ますます表情が険しくなる知廣さんに、私の体に緊張が走る。

「何かあったのか、玲香？」

「い……いえ……そういうのは、ないんです……けど……」

あなたが抱いてくれないから、悶々として酒に走りました……なんて、いくらなんでも言えない。

黙ったまま視線を彷徨わせていると、目の前の知廣さんから小さなため息が漏れた。

「……わかった、深く詮索するのはやめよう。だが、そこで寝てしまうと風邪を引く。寝室に行こう」

知廣さんが私をソファーから立ち上がらせると、そのまま手を引いて寝室に向かおうとする。

目の前にある広い背中。それをじっと見つめているうちに、沸々と切なさが込み上げてきた。

――知廣さん、私のこと本当はどう思ってるの……？

無性に触れたくなって、私は衝動的に彼の背中に抱きつく。その瞬間、彼の体がビクッと揺れた。

「玲香？　どうした」

立ち止まった知廣さんが、肩越しに私を見る。

「……知廣さん、私達、夫婦ですよね？」

「そうだよ」

優しく笑って彼が答える。そのなんの引っかかりもない笑顔が、なぜだか苦しい。

本当はしらふの時に言うべきかもしれない。でも、こんなことは酒の力でも借りなければ口に出すなんてできない。

「だったら……ど……どうして抱いてくれないんですか？」

思い切って尋ねると、驚いたように知廣さんが目を見開いた。

そのまま私を見つめ、少し間を置いてから口を開く。

「……玲香、酔ってる？」

そう問われて、羞恥心(しゅうちしん)に怯(ひる)みそうになる。でも、触れてもらえない理由をはっきりさせたい気持ちの方が勝った。

「よ、酔ってますけど、ちょっとだけです！　……私、知廣さんの妻なのに、今のままじゃ本当の意味であなたの妻になったとは思えなくて……」

「結婚したし、戸籍上も玲香はちゃんと俺の妻だよ」

知廣さんから至極まっとうな意見を食らい、私は口ごもった。

――それはそうなんだけど。わかってはいるんだけど。でもやっぱり私は、身も心もあなたのものになりたいんです……ていうか本音は、あなたに抱かれたいだけなんです!!

そう喉まで出かかったけど、知廣さんに幻滅されたくない、という私の中の微かな理性がすんでのところで止めた。

もしかして、こんなことを考えてしまう自分がおかしいのかもしれない……

撫子さんが言ったみたいに、様子を見た方がよかった？　だとしたら、彼を困らせるようなことを言ってしまった私は、この先どうしたらいいんだろう？

私は抱きついた背中から手を離し、唇を噛んで俯く。

勢いで言ってしまったことを、激しく後悔していたその時だった。

「玲香」

いつもよりも低いトーンで名を呼ばれる。ビクッとなりつつ、のろのろと彼を見た。

私を見下ろす彼の目は、これまでの穏やかなものとは全然違う。初めて見るどこか冷たさの混じった視線に射抜かれ、私の体からすうっと熱が下がった。

「は、はい……」

リビングの入口付近で私と向かい合い、冷たい視線のまま彼が口を開いた。

「俺に抱かれたいのか？」

知廣さんの視線には、誤魔化すことを許さない強さがあった。

「……はい」

こくん、と頷くと、知廣さんは黙ったまま私を見つめている。

いつになく私に向ける視線が冷ややかだ。そんな知廣さんに、私の体が震え出す。

ついに心の内をぶつけてしまった。口にしたことでスッキリはしたけど、何も言ってくれない知廣さんに、私の不安は募るばかり。

怒らせてしまったかもしれない。そう思ったら、この場にいるのが居たたまれなくなってきた。

――……言わなきゃ、よかったかな……

嫌われたらどうしよう、と身を竦めていると、いきなり体がフワリと浮いた。

「……えっ？」

気づいたら同じ目線に知廣さんの顔があって、驚く。どうやら私は、知廣さんに、いわゆるお姫様抱っこをされていた。

――これは一体、どういう……？

まったく状況が呑み込めない。

「では、行こうか」

私の混乱をものともせず、彼は私を抱き上げたままリビングを出る。

真っ暗な寝室に入り、ベッドサイドの間接照明を点けると、彼は私をベッドに下ろした。と思ったら、あっという間に私の上に覆い被さってきた知廣さんに、ベッドに組み敷かれてしまう。

このいきなりのシチュエーションに、酔いが残っていた私の頭が徐々にクリアになっていく。

「あの……ち、知廣さん……？」

彼の行動の意味がわからなくて、私はただ呆然と知廣さんを見つめる。

「玲香は、俺にどんな風に抱いてほしいの？」

「え……？」

私の乱れた髪を彼がすくい上げ、そのままクルッと指に巻き付ける。

私の髪をもてあそびながら、彼がにっこりと微笑んだ。

その表情から、怒っているわけではないとわかり、ホッとする。だけど、この状況を自覚するに従い、私の頭は緊張と動揺でパニックになった。

「あの……」

――どうしていきなり……!?　いや、してほしかったけど!!　でも、急すぎて気持ちが追いつかないよー！

私の動揺を知ってか知らずか、知廣さんは私に向かって優しく微笑んだ。

「ちゃんと言わないと、抱いてあげないよ」

テンパっていても、その言葉に敏感に反応した私は、衝動的に知廣さんにすがりついた。

「……っ、知廣さんの、好きなように……抱いてくださいっ……!!」

彼を見つめて声を絞り出す。すると、知廣さんは何かを堪えるみたいにぎゅっと目を瞑り、上を向いてフー……と息を吐いた。

「俺の好きなように？　本当にそれでいいの」

再び私と視線を合わせた知廣さんは、きちっと整えていた髪に指を入れて崩すと、妖艶な視線を送ってくる。その眼差しに、私はごくん、と喉を鳴らした。

「い……いいです。お願いします……」

「わかった」

知廣さんの手が私の頬に触れた。そこを指で何度かなぞってから、髪を優しく撫でる。

彼の手の温もりが心地よくて、私はうっとりと目を細める。

――気持ちいい……

彼に触れられる度に胸の鼓動がどくんどくんと大きくなっていく。これから始まることへの期待と、少しの不安が私の心をいっぱいにした。

「――お願いされては仕方ない」

その言葉にひときわ胸が躍った。

「知廣さんっ、嬉しいっ……！」

やっと本当の奥さんになれる。喜びのあまり、彼の体に力一杯抱きつく。それと同時に知廣さんが私の耳朶をかぷっと食んだ。

「きゃっ！」

驚いて、肩が大きく跳ねた。彼はそんな私の耳に唇をくっつけて低く囁く。

「俺が君に触れなかったのは、君のことを想うがゆえだったんだよ？」

彼の言葉の意味がすぐに理解できなくて、私は目を瞬かせる。

――私のことを想うがゆえ……？

キョトンとする私を見て、口角を上げた知廣さんが口を開く。

「俺達は結婚までが急だったからね。充分に愛を育む前に結婚し、一緒に暮らし始めてしまった。しかも新婚生活は俺の実家で家族と同居だし、いきなり嫁修業なんてものまでさせている。相当なストレスが君にのしかかっていることは容易に想像できた」

「えっ、そうですか？」

——いい嫁になりたいと常々思っているけれど、ストレスを感じたことは無い……

驚く私に、知廣さんが苦笑する。

「……一般的にはね。しかも君は結婚するまで男を知らないときた。そんな妻を大切にしたいと思うのは自然なことだろう？」

「知廣さん……」

撫子さんが言ったとおり、彼は私のことを考えていてくれたのだ。不安でいっぱいだった胸がじんわりと温かくなる。

「慣れない家のことで疲れているだろう君を、無理矢理抱いたりして嫌われるのは御免だ。それどころか、結婚早々離婚を切り出されたりしてはたまらないからね」

大きな手で私の頬を優しく撫でる知廣さんに、思い切り首を横に振る。

だって、そんなこと万が一にもあるわけがない。

「そんなっ!! 私が知廣さんのことを嫌いになるなんて……」

ありえない。そう言おうとして上半身を起こそうとしたら、知廣さんに唇を塞がれた。

「可愛いね」

そう言って、すぐに彼の舌が耳に差し込まれ、入口の辺りを優しく舐められる。頭の中に響く水音と、くすぐったいような感触に私の背中はゾクゾクと震えた。

「……あ……っ、く、くすぐった……」

「いい反応だね」

知廣さんの呟きが聞こえたと同時に、再び彼の顔が間近に迫る。あ、と思う間もなく唇が押しつけられて、熱い舌が唇の間を割って入ってきた。

「ん……」

私の口腔を静かに蹂躙しながら、縮こまった舌を誘い出す。そっと差し出すと、そのまま絡め取られて、強く吸われた。

じゅる、といういやらしい音が頭に響き、麻薬みたいに私の意識をぼうっとさせる。鼻孔をくすぐる彼の香りと、触れ合う肌の感触が興奮を煽っていく。こんな激しいキスをされたら、それだけで足腰が立たなくなりそうだと思った。

銀糸を引きながら彼の唇が離れる。そして、私の濡れた唇が長い指で優しくなぞられた。

「脱がすよ」

短くそう言った知廣さんは、私から一気にワンピースとキャミソールを脱がす。気づくと、私が身につけているのはブラジャーとショーツのみになっていた。

「あっ」

羞恥心から、咄嗟に両腕を交差させて胸元を隠そうとすると、その腕を彼に掴まれる。

「隠さないで。玲香の体を俺に見せて」

強く言われた訳じゃないのに、一瞬笑みを消した彼にドキドキして、なんだかわからないけど従ってしまう。

私は躊躇(ためら)いながらも胸元から腕をどけた。すかさず知廣さんが背中に手を回し、ホックを外してブラジャーを取り去る。

知廣さんはじっと私の体を見つめた後、そっと乳房を包み込むように優しく触れてきた。

「綺麗だ、玲香」

「あ……ち、知廣さん……っ」

「……怖い？」

そう尋ねられて、少し考える。

男性に体を触れられるのは初めてだから緊張はしている。でも、怖いとは思わなかった。

だって触れている相手は、大好きな知廣さんなのだ。

ずっと恋い焦(こ)がれていた知廣さんに抱いてもらえる——そう思うだけで、これまでにないほど気持ちが昂(たかぶ)ってくる。私は首を横に振り、彼の目を見つめた。

「怖くないです……だから、もっと触ってください……」

小さく懇願すると、知廣さんの片眉がピクッと上がった。

「……玲香は小悪魔だな」

ふっと口角を上げた知廣さんに、優しく乳房を揉まれる。ドキドキしながらその様子を見つめる私の口から熱い吐息が漏れた。

「ここは、もう随分自己主張してるね」

彼の目が、いつの間にか硬く立ち上がっていた胸の先端を見ている。

「あ……」

恥ずかしくて視線を揺らした時、彼の指がそこを優しく摘まんだ。そのまま、指で擦り合わされて、ぴりっとした甘い痺れが背筋を走る。

「ん、ん……！」

――やだっ、変な声が出ちゃいそう……！

私が必死に声を堪えて身を震わせていると、彼の熱い舌に乳房を舐められた。肌をちゅうっと強く吸い上げられ、濡れた感触が硬い蕾の上を這う度に、私の腰がビクビクと揺れる。

「あ……んっ……」

「いい声で啼くね。可愛すぎて、もっといじめたくなるな」

――え、いじめ……？

言葉の意味を聞こうとした瞬間、強く先端を吸われた。さらにはぱくりと口内に含まれ、飴玉をしゃぶるみたいに舐め転がされてしまい、言葉を発することができなくなる。

「あっ、あ……んっ……」

絶えず与えられる快感に無意識に腰が揺れてしまう。経験がないから、こんな時どうしたらいいのかわからない。私はシーツをぎゅっと握って、ただ彼にされるままになる。

「こっちは、どうなっているかな」

知廣さんがそう言って、私の下腹部に触れる。その意味を理解する間もなく、唯一身につけたショーツの中に彼の手が差し込まれた。

「えっ、あ、ち、知廣さんっ……きゃっ!!」

戸惑っているうちに、彼の指がゆっくりと秘裂をなぞり、その奥にある蜜口に到達した。

「ひゃっ、そ、そんなところ……!」

「すごく濡れてる……そんなに感じてくれてたの?」

蜜の溢れ具合を確かめるように、彼の指が浅いところを何度も往復する。指の動きに合わせて徐々に水気を帯びた音が聞こえ始めて、私の顔に熱が集まってきた。

こんな音をさせてしまっている自分が恥ずかしすぎる。

「や……は、恥ずかしい、ですっ……こんな……」

手で顔を覆(おお)い、彼から隠そうとする。だけど、すぐにぴしゃりとした彼の声が飛んできた。

「玲香。可愛い顔を隠すな」

その声音(こわね)にビクッと体が反応し、言われたとおりに顔から手を外す。

素直に彼に従った私に、知廣さんがにこりと笑いかける。

「いい子だ」

ご褒美(ほうび)とばかりに、私の唇にチュッとキスをしてくれた。

「……もう少し、奥の方まで入れるよ。痛かったら言って？」

「は、い……」

ずっと膣の浅いところを弄(いじ)っていた彼の指が、ゆっくりと奥の方まで差し込まれる。

初めて経験する圧迫感に緊張して、上手(うま)く呼吸ができなくなってしまった。

――知廣さんの指が……あの、長くて綺麗なあの指が私の中に……

浅い呼吸を繰り返しながら、私は幸福感で体を震わせる。

「すごく濡(ぬ)れてきた」

「あっ……」

私の気持ちと体が、しっかりリンクしていることが証明されてしまい、顔を熱くした。

隣に横たわる知廣さんは下腹部を弄(いじ)りつつ、たまに思い出したように優しく私の耳朶(みみたぶ)

を食んだり、胸の先端を強く吸い上げたりを繰り返す。

その度にビリビリとした刺激が走り抜け、じっとしていられなくて体を左右に捩らせた。

しかも知廣さんの指の動きがさっきよりも激しくなり、出し入れされる度に聞こえてくる水音が明らかに大きくなっている。

「私……こんな風になるなんて……恥ずかしい……」

「何が恥ずかしいの？　言ってごらん」

言ってごらん、だなんて。そんな簡単に言えるわけがない。

恥ずかしすぎて何も言えず、ふるふると首を横に振る。

「言って……玲香」

ちゅ、ちゅ、と音を立てて、知廣さんが私の首筋や、頬にキスをしてくる。

「どんなことが恥ずかしいのか知りたいんだ。教えて、玲香」

しきりに甘い雰囲気を出してくる知廣さんに、頭がクラクラしてきた。

それに彼の視線に囚われると、口にするのも恥ずかしいと思っている言葉でさえ言わなくてはいけないような気がして抗えない。私は羞恥に震えながら、白状する。

「こんなに、ぬ……濡れて、いることが……とても恥ずかしいです……」

言ってすぐ、顔を手で覆った。

「確かに、ぐちょぐちょだ。玲香がこんなに感じやすい体だったとは驚きだな。それに」

言いながら知廣さんが胸の先端を、キュッと指で摘まむ。突然与えられた強い刺激に、たまらず背中が弓なりに反った。

「はうっ……！」

「感度もいい」

摘まんだままの先端を指で優しく擦られ、ピリピリッとした刺激が全身を走る。しかも彼に体を弄られる度に、お腹の奥の方がむずむずして脚の間から蜜が溢れてくるのだ。それはもう、とめどなく。

「～～～も、いやあ……」

私の体なのに自分で反応するのを止められない。こんなの初めてで怖くなった。

「じゃあ、やめる？」

じっと熱い瞳で見つめられ、ウッと胸が詰まった。

――違う、今の嘘。やめちゃいや。

「やだ、やめないで……！」

彼を見て懇願すると、知廣さんの表情がフワッと緩み、綺麗なアーモンド形の目が細められた。

「玲香……可愛い。本当に……愛してるよ」

――愛してるって、初めて言われた！

嬉しすぎて胸が苦しくなる。自然と目に涙が浮かんできた。

「知廣さん、本当に……？　本当にそう思ってくれてるの……？」

「もちろん」

「嬉しい……!!　私も、私も愛してます……」

思わず横にいる知廣さんに抱きつくと、シャツ越しでもわかる彼の厚い胸板にドキッとした。

でも、シャツ越しじゃなくて素肌に触れたい。

「あの……知廣さんは脱がないのですか？」

「ああ……じゃあ、玲香が脱がしてくれる？」

「わ、私が……ですか？」

「そう。ほら」

彼はそう言って体を起こして、両手を広げて私を見る。恥ずかしいと思いつつも起き上がり、引き寄せられるように彼に近づいた。そして、おずおずと彼のシャツのボタンを外していく。

――ど、どうしよう……手が、震える……

一つ外す度に露わになる彼の素肌に、私は息を呑んだ。

どうにか全部外し終えて緊張のあまり知廣さんから目を逸らすと、どこかからかう声音で「下は？」と言われる。

「……っ、し、下は無理、ですっ……！」

「まあ、仕方ないか。今日のところは許してあげるよ」

知廣さんはベッドの端に腰掛けベルトを外すと、するっとスラックスとショーツを脱いだ。

後ろ姿だけでもわかる逆三角形の上半身に、キュッと締まった大臀筋。初めて見る知廣さんの全裸は、学生時代に美術の授業で見た石膏像のように美しかった。

——知廣さんの体、すごく綺麗……

うっとりと見惚れていると、こちらを向いた知廣さんの股間が視界に飛び込んでくる。

その大きさは想像以上だった。

さすがに直視できなくて、目を逸らしてしまう。

男性のアレは家族のものを見てしまったことがあるが、あんな風に起ち上がったものは初めて見た。

——すごい……あれが、私の中に……？

本当に入るのかしら、と不安になっていると、知廣さんに声をかけられた。

「……玲香、避妊はどうする？」

「ひにん……」

ずっと抱かれたいと望んでいた私だけど、彼の口から出たその言葉に改めてドキッとした。

最初だから避妊した方がいいのかな。という考えが脳裏をよぎる。だけど……

――もう夫婦なんだし、いいよね……？

私は、すぐに心を決め首を横に振った。

「わかった」

ぎしりと音を立てて知廣さんが近づいてくる。再びベッドへ押し倒された私は、身につけていた唯一の布を足から引き抜かれた。

お互い一糸纏わぬ姿になり、いよいよだ、と緊張感が増す。

見つめ合った後、目を閉じてカチカチに緊張していると、知廣さんが私の頬や額、それに鼻の頭にちゅ、と口づけてくれる。そんな彼の優しさに気持ちが少しほぐれ目を開くと、知廣さんと至近距離で視線がぶつかる。

「あ……」

私が小さく声を漏らすと、彼の唇が私のそれに重なり、深く口づけられた。彼の肉厚な舌が私の口腔を余すことなく舐め、形のいい唇に下唇を食まれる。

「ん、うっ……」

キスをしながら彼の手が私の股間に触れ、割れ目を指でなぞってきた。溢れた蜜を纏わせた指を、擦りつけるようにして襞の奥にある小さな蕾を刺激する。

「は……あんっ!!」

そこに触れられた瞬間、これまでで一番強い快感に腰が大きく揺れてしまう。

こんなところが、こんなに感じるんだと初めて知った。

「……ここがいいの?」

激しく反応した私を見て、知廣さんが再び蕾に触れる。さっきは指で掠めるくらいだったのに、今度は蕾を指の腹で押し潰しくりくりと弄られた。

「ああんっ、そ……そこ、だめですっ……! あっ……!!」

イヤイヤ、と体を捩って逃げようとするが、知廣さんの指は執拗にそこを攻めてくる。

「すごいな。ほら、こんなに溢れてきた」

そう言って、知廣さんが私の中に指を入れた。さっきまで一本だった指をさらに一本増やし、時折蕾を弄りながら浅いところを何度も出入りさせる。

「は……あんっ……や、やあ……」

ぐちゅぐちゅというやらしい音が、私をより一層居たたまれなくさせ、否応なく体が火照ってきた。

じる。

——こんな、私の体……一体どうなっちゃったの……？

知廣さんの愛撫によって変化していく体は、なんだか自分のものじゃないみたいに感じる。

「だめっ……、ちひろさ……も、だめです……っ」

「……だめなの？　でも、君のここはやめてほしくなさそうだが」

蕾を指の先で引っ掻くようにされ、びくんと腰が反り返ってしまう。

「あっ……!!　やあっ、おかしくなっちゃうっ」

「おかしくなっていいよ。だから、もっと乱れて？」

どんなにやめてと頼んでも、知廣さんは全然やめてくれない。

——もう、むりいっ……!!

息が荒くなって、頭がぼうっとしてきて、意識が飛びそうだった。

「……だめっ……お、おねがいっ、ですっ……!!」

知廣さんの腕を掴みふるふると首を横に振る。するとようやく知廣さんが愛撫をやめてくれた。

「……そろそろいいだろう……挿れるよ」

感じすぎて、すでにぐったりしている私の脚を広げた知廣さんが、その間に体を移動させる。

「あまり無理はさせないようにするから」

その気遣いが嬉しくて何度か首を縦に振ると、彼の表情がふっと緩んだ。

「痛かったら言って。いいね？」

「……はい」

私の蜜口に温かい屹立が押しつけられた。大きな手に太股が掴まれたと思ったら、その温かいものがゆっくりと私の中に沈んでくる。——甘い痛みと共に。

「……っ!!」

想像していたよりも強い痛みに、駄目だと思っても顔が苦痛に歪むのを抑えられない。

私を見下ろす知廣さんの表情も、心なしか苦しそうに見える。

「玲香、大丈夫か？　痛いなら……」

「大丈夫っ……！　だから、このまま……」

——やっとここまで来たのに、今更やめるなんて嫌だ！

私は必死に首を横に振り、彼の脇の下から手を入れ強くしがみついた。そして、彼の耳元でやめないで、と声を振り絞る。

その瞬間、私の中にいる彼の質量が増したような気がした。

——何……？　なんか、大きさが……!?

「あっ……ん！」

戸惑う私の唇が乱暴に塞がれる。

「本当に、君は……」

いつもの彼とは違い余裕のなさそうな知廣さんに困惑しつつ、しがみつく腕に力を込めた。

慎重に腰を動かしつつ、彼のモノが私の中に押し入ってくる。

「んん……はっ……あ……」

メリメリと体が開かれる感触は、過去に経験したことのないもので、かなり痛い！

――女の人はみんな、この痛みを経験しているんだ。私に耐えられないはずはない……！　まして相手は、愛する知廣さんなのだから……!!

そんなことを思いながらグッと歯を食いしばると、知廣さんが「力を抜いて」と耳元で囁く。

そう言いながら、彼は私の首筋にキスをしたり、胸の先を軽く吸い上げたりして私の体を愛撫してくれる。それもあってか、少しずつ体から力が抜けていって、次第に痛み以外の感覚が私の中に生まれ始めた。

――痛いけど、気持ちいい……

愛撫をやめた知廣さんが、じっと私と目を合わせる。

「……玲香、悪いけど少し我慢して……」

「え、あ……んんっ」

驚く間もなく、知廣さんが私の唇に深く口づけてきた。激しく舌を絡め合わせ強く吸われる。必死でキスに応えていると、彼の昂りが一気に奥まで挿入された。

「――――っ‼」

呼吸を忘れるほどの痛みに声が出そうになるが、それは知廣さんの唇によって呑み込まれる。

「……っ、奥まで入ったよ」

キスを解いた知廣さんが、息を乱しながら言った。それを聞いた私は歓喜に震える。

――私、ついに……‼

「よ、よかった……私、これでやっと知廣さんのものになったんですね……！」

「……セックスしなくても、君は俺のものだと思っていたよ」

そう言って知廣さんは私の額にかかる髪を指で払い、顔を近づけて、はむっと私の下唇を食んだ。

そのまま顔中にキスの雨を降らされる。

「……私、嬉しいですっ……」

ついに彼と一つになることができた喜びで、私の目から涙がこぼれる。

「玲香、まだ終わってないからね」

私の目尻に溜まった涙を親指で拭き取ってくれた知廣さんに、私は何度かこくこくと頷く。

それを合図とみなし、彼が私の腰を掴んだ。そして、奥まで挿入した屹立をぎりぎりまで引き抜くと、再び奥まで突き入れてくる。

「はああんっ！」

お腹の奥にズン、と来る鈍い痛みに背中が反る。下腹部をいっぱいにしている圧倒的な存在感に、呼吸が上手くできない。

「あっ……はあっ……」

そんな私の頬を、知廣さんの手が優しく撫でる。

「はあ……玲香っ……」

彼は、玉のような汗を浮かべて眉間に皺を寄せていた。初めて見る苦しげな表情の知廣さんから、視線を逸らすことができない。彼にこんな表情をさせているのは、他の誰でもない私なのだ。

それが嬉しくて嬉しくて、下腹部の痛みすら幸せで、もう、このまま体が壊れてもいいと思った。

「あっ……んっ、ち、ひろさ……」

激しい抽送に体が揺さぶられ、まともに思考が働かない。

そんな中、知廣さんが私の背中に腕を回してくる。厚い胸板の感触と触れ合う肌の熱さに、ゾクゾクと体が震えた。

「……っ、玲香っ……」

徐々に抽送(ちゅうそう)の速度が増し、彼が苦しそうに私の名を呼ぶ。普段見ない彼の姿に、心も体も激しく興奮した。

「ちひろさんっ、好きっ……!!」

彼の背中に強くしがみつきながら、私はこれ以上ない幸福感に浸(ひた)りまくった。

「はっ……」

熱い吐息が耳にかかる。彼の体が大きく震え、私の体をぎゅっと強く抱き締める。

――私今、最高に幸せだ……!!

彼の汗ばんだ腕に抱かれながら、私の意識は徐々にぼんやりしていく。そのまま記憶がぷっつりと途絶(とだ)え、次に意識を取り戻したのは朝だった。

「玲香」

いつもと変わらぬ知廣さんの声に反応し、ゆっくりと瞼(まぶた)を開いた。

「……ん、ち、知廣さん……？」

眠い目を擦りながら目覚めると、視界に身支度を調えた知廣さんの姿が飛び込んできた。

驚いて反射的に体を起こす。

「えっ⁉　私、もしかして、寝坊……⁉」

起きて早々混乱する私を、知廣さんが静かな声で制止する。

「大丈夫、まだ早い時間だから。今日は早出だから、申し訳ないけど朝食前に出て行くよ」

「あ、そ、そうですか……」

寝坊ではなくてホッとした次の瞬間、昨夜のことを思い出してじわじわと頬が熱くなる。

しかし、そこで私はハッと固まる。

ついに彼と結ばれた――それは覚えているけれど、その後のことがまったく思い出せない。

「ちっ、知廣さん……私、その、昨夜あれからどうしたんでしょう……？　実はいつ寝たのかよく覚えていなくて……」

シャツの手首のボタンを留めていた知廣さんが、ベッドに腰掛けてくる。

「行為の後、君は気を失ったように眠ってしまったんだよ。何度か声をかけたが起きなかったから、そのまま寝かせたんだ」

「えっ!!」

――そうだったの!?

「慣れないことをしたから疲れたんだろう。かなり汗を掻いていたから、体は軽くタオルで拭いておいたよ」

「うえっ？　知廣さんがタオルで、私の体を……!?」

体って、どこまで？　もしかして下も……？

ついつい想像してしまい、顔がかあーっと熱くなってくる。何に驚いていいのかわからず、返す言葉が浮かんでこない。

すると知廣さんが腕時計に目をやった。

「ごめん玲香、そろそろ時間だから行くよ。今日はあまり無理をしないように。体が辛かったらゆっくり休んでいなさい。いいね？」

知廣さんはそう言いながら、私の頭を優しく撫でてくれる。

「は、はい……」

微笑んだ知廣さんは傾けた顔を近づけ、まだぼーっとしている私の口にチュッとキスをした。

これまでにない甘い雰囲気に、きゅんとして胸が熱くなる。

「じゃあ、行ってくる」

「い、行ってらっしゃいませ……」

——知廣さん、好き……！

立ち上がった知廣さんがドアに向かって歩いて行く。が、なぜか途中で歩みを止め、こっちを振り返ってきた。

「……？　知廣さん……？」

「その格好のままだと風邪を引くよ」

それだけ言うと、知廣さんは爽やかに手を振り寝室を出て行った。

その格好、と言われて何気なく自分の姿を見下ろした私は、思わず悲鳴を上げる。

布団から出ているのは何も身につけていない裸の上半身。

——私ったら、こんな格好で知廣さんと普通に会話してたなんて！　……恥ずかしい!!

そりゃあ、昨夜全部見られているのだから今更何を、という感じだが。

だけど、昨夜は酔っ払った勢いもあったし……まして、こんな明るい場所ではどうしたって恥ずかしさの方が勝ってしまう。

私は慌ててベッドの隅に置かれていた自分の服を被り、バスルームに駆け込んだ。

シャワーを浴びながら、昨夜の出来事を反芻する。

知廣さんに、私の体をたくさん触ってもらった。その事実に感動しながら自分の体を見れば、乳房にいくつか赤い痕が残っていた。

――もしかしてこれって、キスマークというもの……？

知識としては知っていたそれが自分の体についている。そのことが、嬉しくてたまらない。

「えへへへ……」

そっと、痕を指でなぞりながら、彼との初めてに胸が躍った。

今もまだ、彼が中にいるような不思議な感覚が残っている。エッチした後って、こんな風に感じるんだ……と初めて知った。

シャワーを浴びて寝室に戻った私は、ベッドにコテンと横になる。

そこに知廣さんの匂いが残っている気がして、彼が眠っていたところに自分の体を滑り込ませた。

――ここで昨日、知廣さんと結ばれたのよね、私……

その事実が、たまらなく嬉しかった。

だけど、最後まで意識を保てなかったことは悔やまれる。

――ようやく、知廣さんと一つになれたのに、なんで寝ちゃったんだろう……せっかくなら、エッチの後の甘い雰囲気に酔いしれたかったのに……

自分のふがいなさにがっかりである。

そうして私は決意した。

絶対に次は途中で寝たりせず、時間が許す限り知廣さんとの甘い夜を満喫するのだ！　……と。

三

お義母(かあ)様の嫁修業は、相も変わらず続いていた。

今日はお世話になっている呉服店や、その近くにある菩提寺(ぼだいじ)にお義母(かあ)様とご挨拶(あいさつ)に伺(うかが)った。

そして家に帰ってきた私が連れて来られたのは、なんとこの家の蔵！

案内してもらい、入っているものの説明と、お掃除の仕方を教えてもらった。なんせ入っているものが貴重な品ばかりなので、ただ掃除をするだけでもかなり気を使うのだ。

「じゃあ玲香さんはここから向こうの棚を綺麗にしてくれるかしら」

「はいっ」

マスクを装着し指示された場所に移動して、壁に作られた棚の上を綺麗な雑巾で拭(ふ)き上げていく。がしかし、すぐにお義母(かあ)様から雷が落ちてきた。

「隙間を拭いていくのではなく、置いてあるものを一旦床の上に置いて、棚の上を満遍なく拭くのです！」

「は、はいっ!!　失礼いたしました!!」

棚の上の段ボールを一つずつ下ろして、棚の上を拭きまた段ボールを元に戻す。だけどこの段ボール、一体何が入っているのか、無茶苦茶重い。

「お義母様、これって中に何が入っているのでしょうか？」

「そちらの棚は全て陶器ですね。落とすと割れますから、丁寧に扱ってちょうだいね」

──ひー、割ったら大変なことになるー!!

「はい～!!」

ドキドキしながらなんとか棚の上を全部拭き終えると、今度はみっちりと本が入った棚の掃除だ。

何気なく目をやると、どうみても年代物の書物が並んでいて、どういったことが書かれているのかが気になる。でも今はそれどころではない。

「はたきで埃を落として、その後床の掃除をお願いしますね」

「はいっ」

お義母様の指示通り、はたきを使い丁寧に埃を落としていく……のだが。

「玲香さん、あなたほとんど撫でているだけじゃないの！　もうちょっとしっかり埃を落とさないと！」

「わかりました！」

「その書はお義父(とう)様が大事にしているものです。慎重に扱ってちょうだい！　あっ、それはお義母(かあ)様が大切にしているもので……」

定期的に後ろからお義母(かあ)様の声が飛んできて、その度にビクッと体が揺れる。しかもちょいちょい大事な情報をサラッと仰(おっしゃ)るので、私は忘れないように必死で頭の中にメモる。

「はい、承知しました!!」

「玲香さん、そこ、埃(ほこり)が取れていない!!　もっとしっかり!!」

「はい！　ただいま!!」

――お義母(かあ)様厳しい……でも、なんか楽しい……

やっているうちにだんだんテンションがおかしくなってきて、半ばハイになった私は最初の頃よりもかなりスピードを増して作業をこなした。

最後に蔵の中全体の床をホウキで掃いて掃除を終えると、全体を隈(くま)なくチェックしたお義母(かあ)様がよし！　と言ってくれた。

「はい、ご苦労様。この後は家の中での作業になりますから、ちょっと休憩ね」

「はい……！　ありがとうございます……！」

一通りの作業を終えてお義母様から休憩をいただいた私は、庭にある池のほとりにいた。

「松子さん、竹子さん、梅子さん。ご飯ですよー」

声をかけると、私に向かってくる三つの白い物体。

「三匹ともいつ見ても綺麗ね〜〜。ほんと、素晴らしい模様……」

大日向家の庭にある大きな池で飼われている三匹は、お義祖父様が大切にしている錦鯉である。白地に赤い模様が映える紅白という人気の品種で、とても美しい鯉だ。

私が池の縁に立つと、すーっと近づいてきて水面からぱくぱくと口を出す。

初めて餌やりをした時は、すごい勢いで餌を食べるので腰が引けてしまったが、慣れてくるととても可愛くて、見ているだけでほのぼのしてしまう。

しかしこの三匹、お値段がとんでもない額なので、何か間違いがあっては……と、餌をやるにも責任重大である。

その時、池の近くをお義祖母様が通りかかった。

「あら、玲香さん。鯉の餌やり？」

「はい。お義祖母様はお散歩ですか」

「ええ。今日はお天気もいいし、ずっと家の中にいると体がなまってしまいますからね」

ほほほ、と上品に微笑みながら、ジャージ姿のお義祖母様が私の横でストレッチを始める。

「最近知廣も忙しいみたいだけど、ちゃんと二人の時間を持てているの？」

その何気ない会話に、思わず「うっ」と口ごもってしまう。

上手くいっていないわけではない。

ただ、このところ、どうにもこうにもお互いにすれ違ってしまい、まったく甘い時間が持てていないのだ。

というのも、念願の初夜のすぐ後に月のものが始まってしまい、初夜の流れでさくっと二度目、とはいかない状態が一週間続いた。

ようやく終わったと思ったら、今度は知廣さんが一週間の出張に出てしまい、一人寂しく夜を過ごす羽目に。

そうして現在……彼は出張から戻ってきてはいるものの、大規模な商業ビルに『おおひなた』を新しく出店させる準備で忙しい毎日を送っている。

朝早くに家を出て行って、戻ってくるのは夜遅く。甘い雰囲気になるどころか、一緒にゆっくり過ごす時間すら取れていないのだ。

私は色々な感情を呑み込んで、お義祖母様に笑って見せた。

「お仕事ですし、仕方ないです……」

ただでさえ忙しい知廣さんに、妻として無理を言うわけにはいかない。彼にはずっと元気でいてほしいし、休める時にはしっかり体を休めてもらいたいから。

――私は彼の隣で眠れるだけでも幸せだし……

でも、初夜からもうすぐ一ヶ月。

そろそろ、我慢も限界に近い。どうにもこうにも彼に触れたくて仕方がないのだ。

ここ数日、隣で眠る知廣さんに何度も手を触れそうになって、直前でハッと気づいて手を引っ込めるということを繰り返している。

――どうしよう……私、このままだと痴女になってしまうわ。

相手は夫なのだし、触っても問題はないんだろうけど……やっぱり、寝ている間にこそこそ触られていたら、知廣さんだって気持ち悪いよね……

そう思うと触れることすらできなくて、眠る彼を見ながら悶々としていた。

しかもそのストレスで食に走ってしまい、この家に来た時よりも二キロも体重が増えてしまったのだ。

これは非常にマズい。

私の沈黙をどう受け取ったのか、お義祖母様が急に慌て出す。

「れ、玲香さん……大丈夫よ、知廣だって年がら年中忙しいわけじゃないから！」

「はい……ありがとうございます……」

お義祖母様に気を使わせてしまった。こんなことじゃ嫁失格だ……と、お義祖母様と別れ家に戻った私が廊下をとぼとぼ歩いていると、今度はお義母様に声をかけられた。

「ああ、玲香さんちょうどよかった。玄関に飾ってある花を新しいものに替えてもらいたいの。確かあなた、華道のお免状をお持ちよね？」

実は私、親の教育方針で子供の頃から華道や着付けなどを嗜んでいた。

この家にお嫁に来て、幸運にもそれらの習い事が役に立っている。

「はい。お義母様。ではさっそく……」

すぐに取りかかろうとしたら、「あともう一つ」と呼び止められた。

「今朝、家の門の周りを掃除したのは玲香さん？」

「はい、そうですが」

「郵便受けに郵便物が入ったままになっていましたよ。ちゃんとチェックはしたの？」

お義母様が厳しい表情で、郵便受けに入っていたのであろう郵便物を私に見せてくる。

「も……申し訳ありません！　確認作業を怠っておりました……！」

ハッとして、勢いよく頭を下げた。

完全に私のミスだ。弁解の余地もない。

顔を上げると、お義母様の顔からスウッと表情が消える。その代わり、背後から冷たいオーラが立ち上ってくる気がした……

「こんな基本中の基本を怠るなんて。これじゃあ、あなたを大日向家の嫁として認める日はいつになるやら……ねえ？　玲香さん」

お母様の氷のように冷たい視線を真正面から受けて、背筋がゾクッとした。

「か、返す言葉もございません……」

「知廣が認めているからといっても、私はそう簡単に認めたりしませんからね？　そこのところを、よく覚えていてちょうだい」

ブリザードのごとき視線を送られて、私の周りだけツンドラ気候だ。

足元からじわじわ湧き上がってくる感情のまま、私は勢いよく頭を下げる。

「ご指導、ありがとうございます！」

すると、しばらくの間黙り込んでいたお義母様が狼狽えた様子で手を振る。

「……もういいわ。それじゃあ、玄関のお花、頼んだわよ」

「はい。すぐに行って参ります」

去って行くお義母様を見送り出かける用意をしようとしたら、背後からそっと声をかけられた。

「若奥様、大丈夫ですか？」

神妙な顔で声をかけてきたのは、私がこの家に嫁に来るまで一手に雑用を引き受けてくれていた田丸さん。彼女はこの家に勤めて三十年になる、五十代のベテラン家政婦だ。

もしかしてお使いに行くのを心配してくれているのだろうか？

「はい。大丈夫です！　お花屋さんの場所はしっかり覚えていますから。それに、こう見えて私、お花を生けるのは得意なんですよ」

「いえ、そうじゃなくて……先ほど奥様にキツいことを言われてたでしょう。若奥様が落ち込んでいらっしゃるのではないかと思って……」

「落ち込む……？　いえ、お義母様に言われたことはもっともですし。むしろ、あんな風に厳しく間違いを正してもらえる機会などそうそうありませんから。本当にありがたいです」

先ほどの凍てつくような冷たい視線を思い出し、うっとりしてしまう。

──これぞ貫禄って感じだったわ……！　さすがお義母様。日常生活であんなにゾクゾクすることなんて、なかなかないわよね。

私が笑顔でこう言うと、田丸さんは口をあんぐり開けたまま、しばらく固まっていた。

「まあ、まあ、若奥様ったら……！　なんて健気なんでしょう……」

「？　では、私はお花を買いに行って参ります」

笑顔で田丸さんに会釈をして玄関を出た。

だからこの後、田丸さんが「……いや～、奥様のあの厳しい修業に耐えてるどころか、感謝するなんて、うちの若奥様はすごいねぇ……」と感服したように漏らしていた声は、私の耳には届かなかったのである。

花屋に向かいながら、私は反省しきりだった。

本当はお義母様にあんなことを言わせてはいけないのだ。

「もっと、しっかりしなくちゃ……」

彼との時間がない、彼に触れられないと言って、落ち込んでいる暇など私にはない。

彼の妻として、大日向家の嫁として、きちんと役目を果たせるようにならなくては！

そう無理矢理気持ちを立て直し、馴染みの花屋に急いだ。

そして、お花を調達してきた私は、さっそくそれを生け始める。

完成した花を、仕事から戻ったお義母様にチェックしてもらう。

生けた花の回りをぐるりと一周した後、お義母様は慣れた様子で手直しを始めた。

「悪くはないけど、もうちょっとこうするだけで落ち着いた感じになるでしょう？」

「ああ……確かに！」

私が生けたものより、お義母様が手直ししたものの方がぐっと落ち着いて見える。

「まだまだ、ね」

なぜかフッと鼻で笑い、お義母様は私の前から去って行った。

——やっぱりお義母様はすごい……！

「んー……また生け花のお勉強しようかしら……」

こんなんじゃ、知廣さんにも愛想を尽かされてしまうかもしれない。

一日も早く、嫁としても妻としてもきちんと認めてもらえるようになりたい。

気合を入れ直しながら、私は足早に二階のリビングに戻ったのだった。


立派な嫁になるべく、修業を頑張る私。

この日も一日庭のお掃除やら、生け花やらお使いやらで慌ただしく過ごし、気づけばあっという間に夕方になっていた。

今日もお義祖父様とお義祖母様の三人で夕食を済ませた後、一人リビングでぼんやりする。知廣さんは今夜も遅くなると連絡があった。

仕事だから仕方ない。そう頭ではわかっていても、一人きりで過ごす時間を寂しく感じる。

私は人恋しさから、親友の撫子さんに電話してしまった。

すぐ電話に出てくれた彼女に、つい知廣さんが帰ってこなくて寂しいとこぼすと、電話口から大きなため息が聞こえてきた。

『玲香さん……そういうことは、直接ご主人に言えばいいのに』

「だって……知廣さんは毎日お仕事を頑張っているのに、私がそんなわがままを言うわけには……」

『それはそうかもしれませんけど、我慢しすぎるのも体によくありませんわ。もし他にも何か溜め込んでいることがあれば、この際です、私がお聞きしますわよ』

撫子さんの優しい言葉に気が緩み、私は思い切って悩み事を打ち明ける。

「その、知廣さんとそういう関係になれたものの、以前とほとんど関係が変わっていないように思うんです……まして、最近忙しくて夫婦の時間もなかなか作れませんし……。だから、一緒にいられる限られた時間で、もっともっと仲良くなれるようにしたいんです……」

もじもじしながら言うと、撫子さんが少し間をあけてから口を開いた。

『なるほど。つまり、旦那様がもっとあなたに夢中になるように、一気に攻め落としたい、というわけですね？』

「攻め……？　いえ、私から攻めるのではなく、どちらかというと攻められたいのですが……」

するとと撫子さんがコホン、と咳払いをする。

『あなたは、そうでしたわね。でしたら、ご自宅ではなく、そういった雰囲気になりやすい場所に出向くのがよろしいのではなくて？』

彼女に言われて、私は視線を斜め上に向け、考える。

――そういった雰囲気になりやすい場所に出向く、か。……確かに、家族と同居で職場がすぐ隣という環境では、恋愛モードになるのは難しいのかも。

私は彼女の言葉に大きく頷いた。

「いい考えかもしれません！」

『たとえば、部屋付き露天風呂のある温泉宿に宿泊するというのはどう？　一緒にお風呂に入れれば、もっと仲良くできるチャンスが生まれやすいと思いますけど』

「おっ……お風呂!?」

彼女の発言に驚いて、思わずソファーから立ち上がってしまう。

『何を驚いているのです。ご夫婦なら一緒にお風呂くらい入るでしょう？』

特に変なことを言ったつもりはない、とばかりに撫子さんが答える。

──そ、そういうものなの？　でも私の両親は違ったような気がするのだけど……

「よくわかりませんが、世間ではそれが一般的なのですか……？」

恐る恐る尋ねると、撫子さんが『おそらく』と呟く。

『もちろん絶対とは言い切れませんけど。でも、私の両親は、温泉旅行に行くと必ず二人で貸切風呂に入っていますわよ』

「お、お風呂……お風呂ですか……」

何度もそう唱えながら、知廣さんと二人でお風呂に入っている場面を想像する。

当たり前だけど二人とも裸だし……お風呂場は寝室と違って明るい……

――この前だって恥ずかしくて、心臓が外に飛び出してきそうなくらいドキドキしたのに、それよりもっと恥ずかしいんじゃ……!?

『何か色々と想像しているようですが、お風呂に入ってしまえば恥ずかしさも多少マシになるのではないかしら？　にごり湯ならまったく見えないでしょうしね』

「はっ……にごり湯!?　そうか、それならお湯に入ってしまえば見えませんものね……!!」

彼女のアドバイスによって、私の脳裏に光が差し込んだ。

――よし。知廣さんに攻めてもらうために、自分からそういう雰囲気に持っていこう……!!

さっそく私は、知廣さんの忙しさが一段落した頃を見計らって、温泉旅行を提案しようと決めた。

それから数日後、知廣さんが帰宅したのは夜の九時頃。

食事は軽く済ませてきたということで、久しぶりにゆっくり彼と過ごせそうな予感がして、私の胸が期待で膨らむ。

――あのことを知廣さんに提案できたらいいな……

彼からジャケットを預かりながら「今日も一日お疲れ様です」と声をかける。すると、知廣さんが優しく微笑んでくれた。

「ありがとう。玲香は今日何をしてたんだ？」

ネクタイを緩（ゆる）めながら知廣さんが尋ねてくる。

「午前中は田丸さんと一緒に食堂のお掃除をして、午後はお使いの品を買いに百貨店へ行きました」

彼の手からネクタイを預かりながら、今日の出来事を報告した。

「そうか、お疲れ様。お使いの品って何を頼まれたの」

「近々お義祖父（じい）様のご友人がいらっしゃるそうで、お茶菓子とお土産（みやげ）を買ってくるように頼まれたんです。お義祖父（じい）様の好みはお義母（かあ）様からいただいた冊子にきちんと書いてあったので、問題なく買い物ができました！」

私が嬉々（きき）として昼間の出来事を語ると、知廣さんが苦笑する。

「そうか。あれはちゃんと役に立っているんだな。玲香もいつもお疲れ様」

「いえ、そんな……当たり前のことですから」

彼にねぎらいの言葉をかけられて、自然と顔が緩（ゆる）んでしまう。

「このところ忙しくて、君とゆっくり話す時間がなくて悪かったね。寂しくなかったかい？」

ソファーに深く腰を下ろしながら、知廣さんが私に優しい笑みを向けてくれる。そんな彼の言葉一つで、これまでの不安が一瞬にして消え去っていくような気がした。

「寂しくなかったといえば嘘になりますが……もう大丈夫です！」

グッと拳を握りしめて笑うと、「そうか」とフワッと微笑まれた。

その笑顔の美しさに、一瞬で心を鷲掴みにされる。

――ああっ、なんて素敵な微笑みなの……!!

腰から崩れてしまいそうになるのを、必死に踏ん張った。

「お……お茶を、お煎れしますね」

「ああ。ありがとう」

知廣さんの魅力にあてられ、ふらふらしながらキッチンに移動した私は、知廣さんの好きな煎茶の茶筒を手に取った。

例の話を提案するなら、今がチャンスかもしれない。

そう思った私は、いつもよりちょっとだけ丁寧にお茶を煎れて知廣さんへ差し出す。

すると彼は、私に隣へ座るよう促してきた。

「美味しい」

私から受け取った煎茶を飲んで、ほっと表情を緩めた知廣さんを見て嬉しくなる。

私はタイミングを見計らって、温泉旅行のことを口にした。

「あの、知廣さん。一つ私からご提案があるのですが、よろしいでしょうか……！」

急に堅苦しい態度に変化した私を見て、知廣さんが手にしていた湯飲みをテーブルに置いた。

「……提案？　何かな？」

「はい。あの、最近知廣さんお忙しくて、全然ゆっくりする時間が取れていないと思うんです」

「確かにそうだね。そこに関しては君にも寂しい思いをさせてしまっていて、申し訳ないと思ってる」

知廣さんが頭を下げてくるので、私は慌ててそれを制した。

「いえ。そんな、違うんです……そうじゃなくて、もしできればなんですけど、丸一日くらいお休みを取ることはできませんか？」

「休み？」

知廣さんが、意外なことを言われたとばかりに、目を丸くする。

「はい。ずっと忙しかったから温泉にでも行って、一日のんびりしてはどうかなー、なんて思ったんです、け、ど……ダ、ダメですかね……」

なぜか知廣さんがじーっと見つめてくるので動揺してしまい、最後の方は小声になってしまった。

「玲香は温泉が好きなの？」

「え、はい……あっ、でも私が、というより知廣さんにゆっくり休んでもらうのが目的なので、知廣さんの気が進まないのであればいいんです！　普通に家でのんびりとかでも……」

「そうか」

口元に手を当てて何か考え込む知廣さん。そんな彼を見つめながら、私は黙って彼の返事を待った。

「確かに……たまには温泉もいいかもしれないな」

同意ともとれる言葉が聞こえてきて、喜びが込み上げる。

「本当ですか!?」

「ああ。君の言うとおり、ここ最近忙しかったからな。スケジュールを調整すれば一日や二日の休みならなんとかなるだろう。それに、まだ君を新婚旅行にも連れて行ってあげられてないからね。夫としてはぜひとも挽回させてもらわないと、うちのお姫様に逃げられてしまう」

そう言って、彼は私を見てクスッと笑う。

「逃げるだなんて、そんな。ありえません」

知廣さんのことが好きで好きでたまらないのに、そんなこと天地がひっくり返ってもありえない。

「わかった。ではさっそくスケジュールを調整してみる。場所はこちらで選んでも構わない？」

「いいんですか」

「ああ。何かリクエストはある？」

「あっ、部屋付き露天風呂のある宿をお願いします！」

忘れちゃいけない仲良くなるための大切なポイント！　と深く考えず口にすると、知廣さんが一瞬固まった。

「部屋付き露天風呂……」

「はい！」

「承知した。さっそく手配しよう」

なぜか意味ありげに微笑む知廣さんに、首を傾げつつ私は満面の笑みでお礼を言う。

「ありがとうございます!!」

まずは目的の第一段階を達成したことに、晴れやかな気持ちになる。

——よし、次はお義母様達の了解を得なくては……!!

私は新たな目標に意欲を燃やすのだった。

翌日、朝食を食べ知廣さんをお見送りした後、私はさっそくお義母様に温泉旅行のことを話した。

「毎日忙しく働いている知廣さんにゆっくり休んでもらうため温泉に行きたいと思うのです。すみませんが、二日ほどお休みをいただけないでしょうか。帰ってきたらまた頑張るので、どうかお願いします……！」

私が緊張しながら頭を下げると、意外にも「いいわよ」とあっさり返事された。

「温泉旅行の話は知廣からも聞いています。それに、このところあなたには厳しくしてばかりでしたしね。修業はお休みして、知廣と一緒にリフレッシュしていらっしゃい」

にこやかに微笑むお義母(かあ)様に、喜びが込み上げてくる。

「ありがとうございます、お義母(かあ)様……!!」

――やったー、これで知廣さんともっともっと仲良くなるための温泉旅行に行ける……!!

気持ちが高揚し、修業に向かう足取りも軽やかになる。玄関に置く生け花も、いつもより早く仕上げることができた。

ふう、と腰を上げて花の出来栄えをチェックしている時、ふと私の頭にあることが浮かんでくる。

――知廣さんと一緒にお風呂に入る……ということは、明るいところで裸を見られるってことだよね？

そこで私は、知廣さんに触れないストレスで体重が二キロ増えていたことを思い出したのだった。

その夜、戦々恐々としながら、バスルームで体重計に乗った私。

表示された数値はあきらかに私の想定をオーバーしていた。

「きゃあああああ!! 増えてる……!!」

この間よりさらに一キロ増量している。あまりのショックに顔が強張ってしまった。

原因はきっと、知廣さんの帰りを待つ間、映画を観ながらお菓子を食べていたせいだ。

——まずい……このままではいけない……!!

慌てた私は咄嗟に撫子さんに相談し、お風呂でできるエクササイズメニューを教えてもらう。

こうして密かに、温泉旅行までに体型を元に戻すための奮闘が始まったのだった。


そして、待ちに待った旅行当日。

知廣さんのお仕事の都合もあり、お休みは平日に二日取ることにした。

私は彼の運転する車で温泉旅館に向かっている。

よく考えたら、これが知廣さんとの初めての旅行で、緊張でかなり早くに目覚めてしまった。

知廣さんはというと、この連休を取るために、無理をしてくれたらしい。ここ一週間ほぼ毎日のように遅くまで仕事をして帰ってきていた。これには頭が上がらない。

今日の知廣さんの出で立ちはシンプルな黒の長袖Tシャツにグレーのジャケットを羽織り、ブルーデニムを合わせている。いつもスーツのイメージだったので、デニムを穿いているのを初めて見た。

だけど、細身のデニムが似合っている上、長い脚が強調されてすごく格好いい。また惚れた。

対する私は落ち着いた色合いのロングワンピーズにロングのカーディガンを合わせている。

大人っぽい知廣さんと並んでも、おかしくないよう気を使った……つもり。

問題の体重も、毎日撫子さんから教わったエクササイズと、修業の際の掃除を余計に頑張ったことで、元の体重とまではいかないまでも、なんとか許容範囲まで戻せた気がする。

これなら、一緒にお風呂に入っても自分的にセーフだ。

高速道路のインターを下りて、緑が多い山の方へと車を走らせる知廣さん。

実は私、まだ今日どこに行くのか教えてもらっていない。

「あの、知廣さん。今日行く宿はどんなところなんですか？」

涼しげな顔でハンドルを握る知廣さんに尋ねる。すると「ああ」と短く声を発した知廣さんが、車のコンソールボックスから一枚の紙を取り出す。

「今日の宿はここだ」

そう言って私に差し出してきたのは、温泉旅館のパンフレットだ。

それを受け取りまじまじと眺めているうちに、私の頭にあることが浮かんできた。この宿の名前と外観は、お義母様から渡された冊子で目にした記憶がある。

「あの、知廣さん。もしかして、このお宿は……」

「そう。うちが経営している温泉旅館だよ」

その旅館は市街地から離れた温泉地の一角にある。お義母様の冊子にあった情報では、二年ほど前に経営が悪化したその旅館を『おおひなた』が買い取り、経営方針などを徹底的に見直して再出発させたそうだ。

おもてなしの心を大事に、従業員一同新規の顧客を獲得すべく努力した結果、業績が見事にV字回復した……というこの旅館を扱ったドキュメント番組をお義母様が録画していて、ちょうど一週間前に観たばかりだった。

「買い取った時に、露天風呂や大浴場を改修し、客室も大々的に改装したんだ。若い女性に評判がいいようだから、ずっと君を連れて行きたいと思っていたんだ。視察も兼ねて、だけど」

私をちらっと見て、にっこりと微笑む知廣さんに、私の胸が躍り出す。

──なんて嬉しいこと仰ってくださるのかしら。ああ、幸せ……!!

ほわーと幸せに浸る私を乗せた車は、温泉街に入ったようだ。

お土産という看板や、温泉まんじゅうと書かれたのぼりがチラチラ視界に入ってきた頃、知廣さんが減速して路地に入りその先にある旅館の前で車を停めた。

すぐに運転席へ駆け寄ってきた男性に声をかけ、車を降りると荷物を預けた。

「さ、玲香、行こう」

知廣さんがスッと手を差し伸べてくれた。それが嬉しくて、私は照れながらもおずおずと彼の手に自分のそれを重ねる。

「はい」

五階建ての建物の一階正面玄関の自動ドアが開くと、従業員が並んで出迎えてくれた。

館内は和の雰囲気で統一されていて、お琴の音色が聞こえてくる。

──わあ、素敵……!!

案内されるままソファーセットが並ぶラウンジに移動すると、従業員の女性が丁寧な所作でウェルカムドリンクとお菓子を持ってきてくれた。

ドリンクは旅館オリジナルの梅酒と果汁一〇〇%の絞りたてオレンジジュースの二種類が選べる。オレンジも美味しそうだなと思ったけど、知廣さんが梅酒を勧めてくれたので、そっちにした。

「ん。美味しい……それにグラスに入ってるこの梅も美味しいです」

到着して早々、宿のおもてなしに感激していると、知廣さんに一緒に出されたお菓子も勧められる。

「この旅館のお土産コーナーで一番売れてるのが温泉まんじゅう。二位がこのマロングラッセだ」

「そうなんですね、いただきます」

このマロングラッセは旅館が独自に製造販売している商品らしい。甘すぎず栗の味もしっかりしていてとても美味しい。

「すっごく美味しいです……！」

「そう。それはよかった。支配人に伝えておくよ」

なんて話していたら、ちょうど旅館の支配人の男性が挨拶に現れ、仲居さんと一緒に私達を客室へと案内してくれた。

最上階でエレベーターを降り、廊下を突き当たりまで進む。

「本日お泊まりいただくお部屋はこちらです」

どうぞ、と言われて客室に足を踏み入れると、まず最初に畳のいい匂いがした。

「素敵……!!」

大きな和室が二間続いていて、片方には囲炉裏がついている。さらに部屋の外には、大人二人が余裕で入れるだろう大きな檜の露天風呂があった。

しかも、お湯の色は乳白色！　それを見た私のテンションが一気に上がった。

「あっ、にごり湯ですっ!!」

後ろから私に近づいてきた知廣さんが、はしゃぐ私を見ながら微笑んだ。

「この辺りのお湯は硫黄泉でね。昔から湯治でも有名なんだよ」

今、私が考えていることと知廣さんが考えていることはまったく違うと思う。でも、いいんです。

私達が部屋を見ている間に仲居さんがお茶を煎れてくれ、支配人の男性が改めて私達に丁寧な挨拶をしてくれた。

「この度は、ご結婚おめでとうございます。専務がご結婚されたと聞いて、従業員一同心より祝福しております。奥様も、本日はようこそお越しくださいました」

「こっ、こちらこそ！　いつも、主人がお世話になっております！」

人生初の『主人がお世話に……』という言葉に内心で感動していると、ロマンスグレーの支配人は、いかに知廣さんがすごいかを語ってくれた。

「経営が悪化してこの先の営業はもう無理かと思っていたところに、手を差し伸べてくれたのが『おおひなた』さんでした。それからたった二年で経営が黒字化したんです。従業員を一人も解雇することなく、経営を再建させた手腕は見事としか言いようがありません。本当に、専務には感謝してもしきれません」

「そんな、やめてくださいよ。私一人の力では、経営を再建させることはできませんでした。こちらの従業員が一丸となって、改善に取り組んできたことが実を結んだ結果です」

知廣さんはそんな風に謙遜するが、支配人と仲居さんは何度も知廣さんに頭を下げていた。

――そうか、知廣さんは本当にすごい人なんだな……

自分の夫が褒められるのは誇らしいし、何より自分のことのように嬉しかった。

話を終えた支配人の男性と仲居さんは「ごゆっくりどうぞ」と言って部屋を出て行った。

そしてついに、念願の温泉宿で知廣さんと二人きりになる。

とはいうものの、いざ二人きりになると何を話していいのかわからなくて、私はついお茶とお茶菓子に逃げる。

「おっ……お茶、美味しいですね。それに……客室のお菓子は一番人気の温泉まんじゅうなんですね」

こんな言葉しか浮かばない私は、なんだか緊張してしまい知廣さんの顔が見られない。

――どうしよう。せっかくわがままを言って温泉旅館に連れてきてもらったのに。なんで急にこんなに緊張してしまうのかしら……

「玲香」

「はっ、はい！」

名前を呼ばれて慌てて彼を見ると、彼はガチガチの私を見てなぜかニヤリと笑う。

「ご所望(しょもう)の露天風呂付きの部屋で……玲香は何をしたいのかな？」

「えっ……!!　そ、それは、ですね……」

——もしかして、全部見透かされている……？

なんて言おうか必死に頭を働かせていると、笑顔のまま知廣さんが立ち上がった。

「まあ、それはさておき。まだ夕食までは時間もある。せっかくだから、館内を案内するよ」

「あ、はい……」

あまり深く追及されずに済んで、ホッと肩の力が抜けた。

「脱がすなら浴衣(ゆかた)の方が楽しいしな」

「へっ……？　今、なんて……」

「なんでもない。ちなみに浴衣(ゆかた)だが、君の身長は伝えておいたから、サイズは問題ないと思う」

彼から浴衣(ゆかた)のある場所を教えてもらう。

男性用は白地に濃紺の模様で、女性用は白地に赤紫の模様の浴衣。その二つが並んでいるのを見て、ドキドキしてきてしまった。

——知廣さんと浴衣を着て一緒に歩いたりとか!? だめだ、想像すると嬉しくて顔がニヤける……！

彼に背を向けて、どうやったって上がってしまう口角を手で押さえていると、知廣さんが「行こう」と促してくるので、急いで彼の後に続いた。

館内には売店や、食事処にマッサージルームとフィットネスコーナー、それに夜だけ営業するバーラウンジなど、この建物にいるだけで充分休暇を満喫できる設備が備わっている。

「この辺りは静かなのが売りということもあるが、外にあまり店がないんだ。だから、チェックインしてから外出する客もそんなにいない」

知廣さんの話に、なるほどー、と相槌を打つ。

確かに来る時も、温泉地にしては商業施設が少ないと思ったのだ。だから、こうして館内の施設が充実しているのだろう。

一通り館内を見終えて、一階にきた私達。すると知廣さんが、ラウンジの大きな窓から見える中庭に目を向けた。

「ここの中庭は散策できるんだよ、行ってみるか？」

「はい……!!」

幸せすぎてふわふわした気持ちのまま、宿の用意した散策用のサンダルに履き替え庭に出る。

旅館の敷地内には遊歩道があり、宿泊客なら自由に散策ができるようになっていた。

遊歩道は綺麗に整備されていて、温泉で火照(ほて)った体を冷ますのにちょうどいいのだそうだ。

歩きながら知廣さんが新館のどの辺りを改装したとか、本館の建物が実はすごく歴史があり、有名な作家さんが宿泊した部屋が残っているなど、色々と教えてくれた。

「すごい、そんな有名な方がお泊まりになっていたなんて……！」

「この温泉地自体、歴史があって有名だからね」

「そうなんですね……っと……」

私達の正面から遊歩道を歩いてきたカップルに、肩がぶつかりそうになる。私が避けようとすると、知廣さんが咄嗟(とっさ)に私の肩を抱いて自分の方に引き寄せてくれた。

「ありがとうございます……」

お礼を言うと、知廣さんがクスッと笑う。

「こんなことに礼はいらないよ」

そんな彼に、思わずため息が漏(も)れてしまう。

——知廣さん、なんてスマートで紳士的なんだろう……!!

それに、こうやって二人で歩いていると、夫婦って感じがすごくして、幸せな気持ちになる。

今日の目的の一つは知廣さんにゆっくり休んでもらうことだったのに……私ばっかり幸せで、癒すはずが癒されてしまっている。

そんなことを考えながら歩いて行くと、前方に東屋が見えた。どうやらそこで、従業員が散策している宿泊客に温かいお茶を配っているらしい。

「わあ、こんなサービスまであるんですね」

「東屋でゆっくり手入れの行き届いた庭を眺めてくださいという、心遣いだね」

知廣さんが先に東屋へ行き、中にある木製のベンチに腰掛けた。

「あ、じゃあ私、お茶をいただいてきます。知廣さんはここにいてください」

彼を癒すべく、私は颯爽とお茶をもらいに行く。しかし、そのわずか一分にも満たない間に、知廣さんのすぐ横に浴衣姿の若い女性が立っていた。

——ええっ!?　ほんのちょっと離れた隙に……!?

「こんにちはー!　隣よろしいですか?」

女性はにっこりと微笑みながら、知廣さんに声をかける。

よろしいですかなんて尋ねておきながら、その女性は彼の返事を聞かず隣に座った。

その光景に、私の心がざわつく。

――……なんで知廣さんの隣に？　そこは、私の……

そう思うのに、どうしてか足が動かない。私はお茶を持ったまま、東屋（あずまや）の入口で立ち尽くす。

「ご旅行ですか？」

「ええ」

女性がノリノリで知廣さんに話しかけるが、知廣さんはとくに動じることもなく、冷静に返事をする。

「この旅館いいですよね、お風呂はもう入られました？」

「いえ、まだ」

「すっごくよかったですよ‼　お肌がつるつるになるんです」

「へえ」

テンション高めの女性に対し、知廣さんの反応は薄い。

だからだろうか、業を煮やした女性が熱い視線を送りながら彼の腕に触れたのが見えて、動揺した私は思わず「あっ‼」と叫んでしまった。その瞬間、知廣さんと目が合う。

――いや、やめて……彼に触らないで……‼

必死に目で訴えると、笑顔で彼に話しかける女性とは対照的に、冷たいくらいの真顔で知廣さんが口を開いた。

「失礼。妻と一緒ですので。玲香、こっちにおいで」

簡潔にそれだけ言うと、知廣さんは立ち尽くす私に向かって手招きをする。

その途端、女性は私に鋭い視線を送ってきた。

――うわっ……視線が痛い……。わかりますよ、知廣さんイケメンですからね……

女性の値踏みするような視線を全身に受けながら、私は知廣さんの側に移動する。

すると、先ほどまでの無表情が嘘みたいに、にっこり微笑んで隣に座るよう促す知廣さん。

そんな彼の態度に、若い女性は憤然と席を立ち離れて行った。そんな女性には目もくれず、知廣さんは私に向かって手を差し出す。

「ありがとう。それより、なんですぐに来なかったの？」

「え、えっと……知廣さん、あの女性と、お話しされてたみたいだったので……」

モヤモヤしながらお茶を手渡すと、「話なんかしていない」とバッサリ切り捨て、静かにお茶を飲み始めた。

それを横目で見ながら、さっきの自分の気持ちを正直に打ち明ける。

「……わかってはいたんですけど、知廣さんがモテている様子に一瞬たじろいでしまったんです。でも、あの女性に触れられたのを見た時、すごく嫌でした。私の旦那様なのにって……私、わがままですよね……」

俯いてぼそぼそと話していると、すぐに知廣さんが口を開く。

「わがままとは思わないな。仕事中なら仕方ないかもしれないが、今はプライベートなんだし玲香が他人に遠慮する必要はない。君は俺の妻なんだから、もっと堂々と隣にいていいんだよ」

「知廣さん……」

彼の言葉がジーンと胸に染み渡る。

──そ、そうよね……あれは、ちょっと話しかけられただけだもんね。私が遠慮する必要なんてなかったんだわ！

私も彼の隣に座り、改めて美しい庭を眺めながらお茶を飲む。素敵な庭を知廣さんの隣で見ているだけで、何倍も美しく感じるのが不思議だった。

庭の散策を終えた私達は再び館内に戻り、客室に戻って荷物を片付ける。そうして、この宿の売りの一つでもある大浴場で温泉を楽しんだ。

温泉に浸かった後は、体がぽかぽかして肌もつるつるで良いことずくめ。

──気持ち良かったー!!　温泉最高！

当初の目的などすっかり忘れて上機嫌で客室に戻ると、知廣さんはすでに戻ってきており、窓辺に置かれた椅子に座り、タブレットを操作していた。

その姿に息を呑む。

だって、ただでさえ格好いいのに、湯上がりでしっとりと濡れた髪や、浴衣の胸元がめちゃくちゃ色っぽいんだもの。

——ワアア……!!　これは……これは大変な目の保養だわ……!!

部屋の入口で一人顔を赤らめていると、いつまでたっても中に入ってこない私に知廣さんが声をかけた。

「そんなところで何してるの。お風呂気持ちよかった？」

タブレットをテーブルに置きながら、知廣さんが私に向かって微笑みかける。

「は……はいっ、最高に気持ちよかったです。知廣さんは、ゆっくりできました……？」

「ああ、このところ忙しくてゆっくり風呂に浸かるなんてできなかったからね、久しぶりにのんびりさせてもらったよ」

その言葉を聞いて、私の胸に安堵が広がる。

「よかった……！」

満面の笑みで喜ぶ私を見つめていた知廣さんが、腕時計に目をやる。

「ああ、もうじき夕食の時間だ。二階の食事処へ移動しようか」

いつの間にか辺りは薄暗くなり、日没が迫ってきていた。

夕食は専用の食事処でいただくことになっていて、私達は部屋を出てそちらに移動する。

「ここの食事処は全て個室になっているんだ。だから小さいお子さん連れのお客様でも周囲に気兼ねなく食事ができる。そこが、高評価に繋がっているみたいだね」

「なるほど、確かに……」

周囲に気を使うこと無く食事ができるのはとてもありがたい。特に小さなお子さんがいるなら尚更だろう。

いくつもの小部屋が並ぶ廊下を進み、指定された個室に入る。入り口の暖簾をくぐると部屋の真ん中に掘りごたつ式になっているテーブルがあった。

「わあ、掘りごたつ……？　素敵ですね！」

「本物の掘りごたつとはいかないが、テーブルの床下にヒーターを入れた掘りごたつ風のテーブルだな。これなら冬でも足下が暖かいだろ」

「はい」

従業員が先付のお料理を持って来てくれたので、その際に知廣さんは日本酒を、私はウェルカムドリンクでいただいた梅酒をオーダーした。

山の中にある温泉旅館ということで、お料理は地元でとれた野菜が多い。海鮮は近海から毎朝仕入れるそうでとても新鮮だった。メインで出てきたのはこの地域のブランド牛のステーキで、脂ののった柔らかいお肉が蕩けるくらい美味しい。

　メインの後に出てきたのは蕎麦の実の雑炊。優しい味で気持ちがほっこりした。そして締めは柚子を使った寒天だ。柚子の香りが爽やかで、満腹なのに不思議とぺろりと食べられた。

「ふー、美味しかった……どのお料理も素晴らしかったです！」

　出された料理を完食してお茶を飲む。知廣さんもご飯をお代わりして食べていた。

「うん。とても美味しかった。こんなに食べたのは久しぶりだな」

　そう言われて、知廣さんが普段食事をたくさん取らないことを思い出した。

「知廣さんは、少食なんですか？」

　私の質問に、彼は小さく首を振る。

「そういうわけじゃないんだけどね。ただ、満腹になると眠くなるだろう？　仕事の効率が落ちるから、あまりたくさん食べないようにしてるんだ。でも今日は仕事もないし、風呂に入って寝るだけ……だろう？」

　お猪口で日本酒を飲みながら、知廣さんが綺麗な目を細める。

「えっ？　そ、そうですね……」

　──確かにそのとおりではあるんだけど……

　私の思惑が知廣さんに見透かされているような気がして、気持ちが落ち着かない。

　でもその辺りを追及できぬまま、私達は部屋に戻った。

部屋の襖を開くと、すでに布団がぴったりとくっつけて敷いてあった。それを見た途端、口から心臓が飛び出そうになる。

「……ふ、布団……」

綺麗に並んだ布団を見て固まっていると、後ろからやってきた知廣さんが、私の両肩に手を載せた。

「なに驚いてるの、今更」

「あっ、え？　いや、その……」

「毎日同じ布団で寝て、お互いの裸だって見てる。今更緊張することもないだろう？」

知廣さんがフッと笑いながら言ってくる。けど、ごめんなさい。私まだ緊張します。

「でもやっぱりその、環境が変わるとちょっと違うっていうか……」

撫子さんが言っていたことを思い出し、本当にそのとおりだったと心の中で深く頷く。

ブツブツ言っていると、知廣さんが私の手を掴んだ。

「寝るにはまだ早いし、先にこっちかな」

こっち？　と思いながら彼の後をついて行くと、知廣さんが部屋の外に続く大きな窓に手をかけた。

「せっかくの部屋付き露天風呂を楽しまないと」

その瞬間ハッとなる。

そもそもなんで温泉旅行を計画したのか、その理由を思い出した。

——自然と色っぽい雰囲気になれる場所で、知廣さんともっともっと仲よくなるためだった！

「ち、ち、知廣さん……あの……」

キラキラと光る水面を見つめながら動揺していると、私に体を寄せてきた知廣さんに、耳元で囁かれる。

「これが楽しみだったんじゃないのか？　玲香は」

「えっ……！」

驚いて彼を見ると、してやったりといった顔をされた。

どこか楽しそうな彼の声音に、緊張と期待が入り交じって、心臓がバクバクしてきた。

するりと知廣さんの手が私の浴衣の帯にかけられて、慌ててその手を制止する。

「あの……知廣さん、もう……？」

湯船に入れば体は見えないけど、入る前には全裸にならなければいけない。そんな当たり前のことを忘れていた。

「……まさかこのまま入るつもり？」

「そういうわけじゃないんですけど……は、恥ずかしくて」

俯いていもじもじしていると、知廣さんがクスッと笑う。

「恥じらう姿も可愛いけどね。でも、時間切れ」

彼はそう言って私の帯を一気に解いた。浴衣の前がはだけて、身につけていたブラジャーとショーツが露わになる。

「あっ……」

「脱がせてあげるよ」

え、ちょっと待って……と言おうとした時には、知廣さんによってブラのホックが外されていた。

いきなり胸元が開放的になり、腕に引っかかっているそれを、私は戸惑いながら取り去った。

「知廣さんったら……素早すぎます……」

「そうかな」

話しながら彼の手はショーツへと伸び、一気に足首まで落としてしまう。

間接照明がついている浴槽の脇で全裸にされた私は、太股を擦り合わせながら胸元を腕で隠す。

恥ずかしくて知廣さんの顔を見られずにいる私の横で、彼はあっさり浴衣を脱ぎ捨て全裸になった。

かけ湯をして浴槽に身を沈めた知廣さんは、私に艶めいた視線を送ってくる。

「ほら、玲香も」

「……っ、は、はい」

おずおずとかけ湯をして、私はゆっくりと足先から浴槽に入る。

「きっ、気持ちいい、ですね……！」

体は気持ちいい。だけど頭の中は恥ずかしさとか緊張とか、この後一体何が起こるのかとかそういったことでいっぱいで、少々テンパり気味。

知廣さんは浴槽の縁に肘をつきながら、そんな私をじっと眺めていた。

「いい眺めだ」

「そうですね、確かに……」

この部屋からは、ライトアップされた庭園が一望できる。彼が言うとおり、景色は素晴らしい。

「俺が言っているのは景色のことではないよ」

私は目を丸くして知廣さんに尋ねる。

「え？　じゃあ、何が……」

「決まっているだろう。玲香だよ」

「えっ!!」

驚きのあまり声が出てしまい、あわあわする。

「何をそんなに驚いてるんだ？　君は素敵だよ。仕事でどんなに疲れていても、帰宅した時に君が笑顔で出迎えてくれるだけで、一日の疲れが吹っ飛ぶ。俺にとって君は、癒（いや）しの女神みたいなものだ」

相変わらず浴槽に肘をつきながら、知廣さんが優しく微笑む。

「え……うそ……知廣さんそんな風に思ってくれてたんですか……？」

「ああ」

彼が明かしてくれた思いに正直驚きを隠せないし、照れてしまいなんだか居たたまれない。

「そんな妻を毎晩遅くまで一人で待たせてしまい、君には随分と寂しい思いをさせて申し訳ない。こんなんじゃ夫として失格だ」

申し訳なさそうな顔をする知廣さんに、私は即座に首を横に振った。

「そんなことないです！　私、知廣さんの妻でいられるだけで幸せです。だから……」

「本当に？　しかし」

知廣さんがお湯の中で私の手を握ってくる。

「この手が毎晩のように俺に触れたそうにしていたような……違う？」

そう言って、知廣さんがニヤッと笑った。

「う……！」

――バレバレ……!!

私は水面に顔がつきそうなくらい深く頭を下げた。

「お疲れのところ不快な思いをさせてしまってごめんなさい……!!　今後は気をつけますので……」

「ちょっと待って」

彼は私の話を遮り、握った手にグッと力を入れる。

「不快な思いなんかしてない。どうしてそういう解釈になるんだ？」

理解できない、とばかりに知廣さんが眉根を寄せる。

「だって……寝ている間に体に触れようとするなんて、すごく怪しいじゃないですか……お仕事で疲れている知廣さんをゆっくり休ませてあげられないなんて、それこそ妻として失格です……」

正直な気持ちを伝え、水面を見つめ肩を落とす私。すると知廣さんが体を起こし私の方へと移動してきた。

「そんなこと考えていたのか」

「そんなことって……大事なことです。それにお義母様からいただいた冊子にも、良妻は常に夫の顔色や食欲をチェックして体調管理に努めなければならないって、最重要項目として記してありましたし……！」

ムキになって言い返すと、知廣さんが口元を押さえて可笑しそうに肩を震わせる。

「ごめんごめん。そうではなくてね……妻が夫に触れるのに、いちいち許可なんか必要ないんだよ。いつでも触りたければ触ってくれてかまわない。そう言いたかっただけ」

「え？　い、いいんですか？　でも……知廣さんが触れてくれないのに、私からっていうのは……」

なんだかはしたないような気がして、なかなか難しい。でも……

――やっぱり、知廣さんに触れたい。

「今触っても……いい、ですか？」

上目遣いで彼にお伺いを立てると、ウェルカムとばかりに笑顔の知廣さんが両手を広げる。

「どうぞ、存分に」

知廣さんの目を見ながらそろそろと手を伸ばし、彼の腕に触れた。がっちりして筋肉質な男性の腕に、胸がドキドキした。

――わー、知廣さんの腕……すごく逞しい……

「そんなところでいいの？　こっちは？」

そう言って知廣さんが私の手を掴むと、その手を自分の胸に持って行く。厚みのある胸板に直に触れ、私の胸のキュンキュンが止まらない。

――胸っ、セ、セクシー……！　私、これだけでもう、どうにかなってしまいそうなんですが……!!

知廣さんの目を見られず、胸に触れたまま視線を下げていると、彼がフッ、と吐息を漏らす。

「さあ、次は？　どこでもいいよ」

知廣さんが艶っぽく微笑む。

どこでも……と頭の中で復唱していたら、知廣さんの微笑みの意味がなんとなくわかってしまい、顔に熱が集まってくる。

「ち、知廣さんったら……！」

「ごめんごめん。じゃあ、今度は俺の番。玲香、おいで」

知廣さんが再び両手を広げて、私を誘う。吸い寄せられるように知廣さんにぴったりくっつくと、彼は広げていた腕を私の体に絡めて、ぎゅっと抱き締めてくれた。

「知廣さん……」

久しぶりに彼の素肌に触れて緊張してしまい、ただでさえドキドキしているのに、さらにその音が大きく、速くなる。

「さっきまで白かった肌が、すっかり桜色だ。可愛い」

彼の指がつつーと私の背中を撫でる。いきなりのことに驚き、体がビクンと揺れた。

「あっ」

「愛してるよ、玲香」

耳をくすぐる甘い言葉に、私の頭がぼーっとしてくる。

「私も、愛してます……」

これはのぼせているわけではない。あまりに幸せ過ぎて、まともに頭が働かなくなっているだけだ。

私は彼の脇の下から手を入れて、彼の肩にしがみつく。ついでに頭を彼の胸板に押しつけた。

――知廣さん、好き、大好き……!!

全身で幸せを感じ、彼の素肌の感触に酔いしれていると、知廣さんにくいっと顎を持ち上げられる。彼と視線がぶつかったのと同時に、距離が縮まり私の唇に彼のそれが優しく重なった。

――あ……

久しぶりのキスに心が躍る。少し唇を開くと、そこから彼の舌が躊躇いなく入ってきて、私の舌を誘い出した。

「ん……」

巧みな舌遣いで私を翻弄しながら、知廣さんの手が私の腰を優しく撫でる。

なんだろう。お互いに裸で浴槽の中で抱き合っているからだろうか。これまでのキスよりもなんかいやらしい感じがする。それに体がのぼせたように熱くて、まるで夢の中にいるような気分だ。

——気持ちいい……もう、このまま知廣さんの腕の中にずっといたい……

長いキスにうっとりしていると、知廣さんの唇がゆっくりと離れていった。それを名残惜しい、と思ってしまう私は、自分でも笑っちゃうくらい知廣さんの魅力にやられている。

至近距離で見つめ合いながら、知廣さんが私の唇を親指でなぞる。

「キスだけで、こんなにトロンとした目をするなんて……玲香は俺を煽るのが上手いな」

「そんなつもりは、ないのですが……」

「ここで続きをしてもいいけど、のぼせてしまいそうだな。部屋に戻ろうか?」

それがいい。じゃないと私、蒸気機関車みたいに頭から蒸気が噴き出してしまいそうだ。

「はい……」

露天風呂を出ると、私達は近くに置いてあったタオルを体に巻いて、寝室に移動した。

知廣さんは先に布団に腰を下ろすと、私に向かって手招きをする。

「おいで？」

「は、はい……」

　抱かれたいと強く思ってはいたものの、いざそうなるとやっぱり緊張してしまう。だってまだ二回目だし。

私はタオルを体に巻き付けたまま、知廣さんの前に正座した。

「もしかして緊張してる？」

「……はい、すごく。だって、前回から結構間が空いていますし……」

知廣さんは微笑みながら、私の顔にかかる髪を耳にかけてくれた。

「でも、玲香が俺を温泉旅行に誘ったのはこれが目的だろ？」

そう言って知廣さんに色っぽく微笑まれて、私は唖然となる。

「あっ……と、その……」

そうです！　と元気よく肯定するのも何か違う気がする。そう思ったら、なんて言ったらいいかわからなくて、私は下を向いて言葉を濁した。

「いいんだ。嬉しかったから。だから今夜は存分に君の期待に応えようと思う」

嬉しい、という彼の言葉に、ぱっと顔を上げる。

「知廣さん……！」

「今晩はたっぷり啼かせてあげるよ」

はっきりと情欲を浮かべた眼差しを向け、知廣さんが私の体に手を伸ばす。巻き付けてあったタオルをゆっくりと剥ぎ取ると、露出した私の体に手を滑らせる。ただ触れられているだけなのに、体は敏感に反応してしまった。

「ふあ……」

「温泉のおかげかな。つるつるだ」

嬉しそうに言いながら、知廣さんの大きな手が私の乳房を包み込む。両手で両乳房を優しく揉み、顔を近づけて片側の先端をペロッと舐めた。

「ああん……！」

ピリリと甘い痺れが胸の先から全身に走る。正座したままの私は、思わず上体を後ろに反らした。

「硬くなって赤く色づいている。まるで花の蕾のようだね」

指で何度か転がすみたいに弄った後、知廣さんがそれを口に含んだ。舌先を使って、丹念に舐め上げられる度に自然と腰が揺れてしまう。

「ああっ……！　んっ……!!」

ぞわりとした刺激に、私はシーツを掴んで身を捩らせた。咄嗟に逃れようとしたものの、彼から与えられる刺激は強くなるばかり。

まだ胸しか弄られていないのに、もう気持ち良くなってきてしまう。

「ち、ひろさんっ……！」

息も絶え絶えに彼の名を呼ぶと、知廣さんがチラッと私の顔を見る。

「感じている顔、素敵だよ」

「っ……や、そんな……っ」

感じている顔なんて、知らない。

恥ずかしい、と思っていると、ずっと胸を弄っていた彼の手が、私の股間へ移動する。

「脚、広げて？」

「……はい……」

彼に言われるがまま私は正座から体育座りに変えた。その脚の間に、知廣さんは自分の体を割り入れる。

「え……」

何を？　と思っている間に、股間に知廣さんの顔が近づき――敏感になっている小さな蕾を舌で直接嬲られた。

「あっ……!!　ダメッ……!!」

大好きな知廣さんにそんなところ……！　と、慌てて彼の頭を手で押さえるが、びくともしない。

嫌だという意思とは裏腹に、彼の舌にそこを舐め上げられるとビクンと体が震え、お腹の奥の方がむずむずしてくる。まるで、その愛撫を待ち焦がれていたように。

「やあ、ち、ひろさんっ……!!」

彼の舌がねっとりと蕾に絡みつく度に快感が生まれ、じゅっと強く吸い上げられると大きく腰が浮いてしまう。

「はあんっ……!! あ、やっ……、それ、だめですっ……」

「……どうして? こんなに濡らしてるのに……」

「やっ、そこで喋っちゃっ……!!」

股間で喋られると、それが刺激となって快感が湧く。

私は口を引き結び、彼から与えられる刺激に身を震わせ続けた。

しばらくして私の股間から顔を上げた知廣さんは、乱れた前髪を掻き上げながら、私の蜜口に指を入れてくる。

「ふうんっ……」

「すごい……玲香のここ、溢れてくる」

ほら、と言いながら彼が蜜口の中に指を出し入れする。その度にくちゅ、といういやらしい音が聞こえてきて、私はかあっと熱を持つ頬を両手で押さえた。

「いやです、知廣さんっ、はっ、はずかし……っ」

「ああ……そうか、玲香はぐちゅぐちゅになっているのが恥ずかしいんだったね。ほら、聞こえるかな……？」

知廣さんは口の端を上げて、やめるどころか手の動きを速めた。いやらしい水音は、止まるどころか大きくなっていって私の羞恥心を煽った。

知廣さんは、私が恥ずかしがるのをわかっていてわざとやっている。それがありありとわかった。

「ち……知廣さんっ、意地悪っ……」

眦に涙が浮かんでくる。これ以上されたら意識が飛んでしまう……と、必死で首を横に振る。しかし知廣さんにやめる素振りはない。

それどころか口元には笑みを湛え、さらに行為を激しくする。

「そんな風に言われるとますますいじめたくなるな」

知廣さんは私の中に入れた指をグッと奥の方まで挿入し、膣壁をまさぐる。と同時に再び股間に顔を埋め、蜜口の上にある蕾を強く吸い上げた。

「あっ……やあっ……!!」

さっきよりも激しい刺激に、たまらず背中を反らす。

さっきから下腹部がキュッと締まって、何かがむずむずと体の奥からせり上がってくるような、不思議な感覚が訪れていた。

これは一体、何？　と思いつつ、絶えず与えられる刺激に、だんだん考える余裕がなくなっていった。

「いやっ……知廣さ……私、なんかきちゃうっ……!!」

「……いいよ、イきたい時にイッて?」

「あっ……あ……!!」

気持ち良さが頂点に達した瞬間、私の中で何かがはじけ飛んだように目の前が真っ白になった。

お腹の奥の方がきゅううっと締まった後、体からどっと力が抜けた。

何も考えられないまま肩で息をしていると、私の中から知廣さんの指が引き抜かれた。

「もしかして玲香、初めてイッた?」

「あ……今のが、そうなのですか……」

一応私にもそういった知識はあるので、ああ、これがそうなのかとぼんやりしつつ納得する。

すると、知廣さんが手を伸ばし、私の乳房を鷲掴(わしづか)みにした。

「玲香はクリトリスが弱いのか。では、胸はどうかな」

「えっ……? あ……!」

私に覆(おお)い被さりながら、知廣さんは捏(こ)ねるように乳房を揉(も)みしだき、硬く尖った先端を強く吸い上げてくる。

「んんっ……!!」

ピリピリとした甘い痺れが胸の先から全身に伝わり腰が浮いてしまう。それだけでも辛いのに、口に含まれた乳首を舌で転がされたり、甘噛みされたりするからたまらない。

「……っ、あっ……あ……んっ……」

体を左右に捩って、快感から逃れようと必死でもがく。だけど完全に私の上半身に覆い被さられていて、それすらできない。

――やあ、だめっ……さっきイッたばかりなのに、また気持ち良くなってきちゃっ……

「ん――っ、や、も……だめえ……」

だめ、と言ったそばから知廣さんが乳首をキュッと指で摘まんだ。その刺激で、私はまたもや達してしまった。

「……っ……はっ、あ……」

「玲香は胸でもイけるのか。すごく敏感だな」

力なく天井を見つめて息を荒らげていると、感心するように知廣さんが呟く。

しかし、今の私はその言葉に反応できる状況ではなかった。

――私ったら、またイッちゃった……こんなに乱れてしまって、なんだか……自分が自分じゃないみたい……

「そろそろ……いいかな」

布団の上にぐったりと横たわった私にM字開脚させた知廣さんは、カチカチに硬くなった自身のモノを中に沈めてきた。

「あっ……んうっ……」

ゆっくりと、だけど躊躇いなく奥まで貫かれて息を呑んだ。最初の時みたいな痛みは感じないけど、お腹の奥に感じる彼の熱におののく。

――あっ……熱いっ……

無意識に知廣さんへ手を伸ばすと、腰を引き寄せられてぐいっと抱き起こされた。

「玲香、このままここに乗って？」

繋がったまま知廣さんが自身の太股を手でポン、と叩く。私はそろそろと彼の太股の上にお尻を落とした。体勢が変わったことにより、彼のモノが私のより深いところに当たった。

「あっ……ち、ひろさん、これ、ふか……」

「今キュッと締まったね。奥の方が気持ちいいのかな？」

言いながら、彼はゆっくりと下から私を突き上げてくる。

「あっ！　だ、だめです、そんな……」

「ダメと言いながら腰が動いてるよ？　玲香」

「～～～っ、やだ、言わないで……!!」

知廣さんの首に腕を回し頭を胸に抱くと、彼の腰の動きがさらに加速した。

激しい突き上げに呼吸もままならなくなってくる。

「あっ……あっ……!!」

「……っ、玲香……っ、君の中、すごく気持ちがいい……」

普段まったくといっていいほど見ることの無い、知廣さんの少し苦しそうな表情にキュンとする。

彼にこんな顔をさせているのが自分だと思うと、嬉しくて幸せでたまらなかった。

「ち……ひろさんっ……!! 好き……大好き……!!」

心の声が抑えきれなくて、口から漏れてしまう。普段だったら恥ずかしくて言えない言葉も、この状況だったら難なく言えた。

彼の首と頭に回している手に力を込めて、ぎゅっと抱き締める。それに応じるように、知廣さんの腕が私の背中に回り、力強く抱き締めてくれた。

「可愛い、玲香っ……」

そう言いながら、知廣さんが私の体を再び布団に押し倒し、正常位で突き上げる。

「ああっ、あっ……ち、ひろさ……っ」

名前を呼ぶと彼の顔が近づいてきて、口を塞がれる。お互いの舌が絡まり唾液がくちゅくちゅと音を立てた。恥ずかしくてたまらなかった水音が、今は一層私の興奮を煽ってくる。

「んん……っ、あぁ……」

彼とならいくらでも、いつまでもこうしていられる気がした。

しばらくの間、お互いに夢中で唇を貪り合う。

気づくと、抽送の速度が徐々に速まっている。

最初は突き上げられる一方だった私も、いつしか自分から腰を動かし快楽に溺れていた。

――気持ち良すぎて、何も考えられない……

私は彼の体温を全身で感じながら完全に身を任せる。

玉のような汗を掻きながら、知廣さんが苦しそうに声を絞り出す。

「そろそろ、イくっ……」

私は、熱に浮かされた状態で彼にぎゅっとしがみついた。

身も心もこれ以上無いほどの幸せに包まれた私の中で、彼が爆ぜた――

「っ、く……」

体を震わせて私の肩に顔を埋める知廣さん。それがなんだか無性に可愛く感じて、またキュンとしてしまう。

その思いのまま彼の頭を撫でていると、顔を上げた知廣さんに、チュッと唇へキスをされた。

「玲香……可愛かった」

「ち、知廣さん……」

改めて言われると、照れてしまう。それに汗ばんだ知廣さんがセクシーすぎて、なんだか目を合わせられない。

だけど、誰より深く繋がっていた彼と、もう離れてしまうのかと思うとなんだか寂しい。

……と思っていたら、知廣さんがニコッと微笑みながら私の腕を布団に縫いつけた。

「知廣、さん？」

「さあ玲香。二回戦だ」

「……えっ？」

まさかそうくるとは思っていなかったので、目を丸くする。

「今夜は存分に啼かせる、そう宣言したはずだけど？」

「えっ？　啼かせ……あっ！」

再び私を組み敷いた知廣さんは、私の首筋に舌を這わせた。

しかも私の中にいる知廣さんの分身が、すでに硬さを取り戻していて動揺する。その間、首筋から耳に移動した彼の唇に、耳朶をかぷっと食まれてしまう。

「あんっ！」

「可愛い声だ。玲香、もっと啼いて」

　耳を攻めながら、知廣さんの手が私の乳房を優しく揉んできた。指先で乳首を引っ掻くように弄られると、達したばかりの体はすぐに気持ち良くなってしまう。

「やっ、知廣さんっ……今、イッたばかりなのにいっ……」

　眉を下げて知廣さんを睨むと、彼はなぜか嬉しそうな顔をする。

「いいね……君にそんな目で睨まれるとたまらないな」

　私の胸元に顔を埋めた知廣さんが、片手で乳房を揉み、もう片方の乳房の先端を舌先で嬲り出す。

「あっ……、やっ……」

「まだ夜は始まったばかりだ。君に寂しい思いをさせていた分、今夜は存分に楽しもうね？　玲香」

「や……あっ、だ、だめ……」

　不敵に微笑む知廣さんは、たちまち私を翻弄してくる。

　――とりあえず、もっともっと仲良くなるという目的は果たせたけど……

　私、こんな調子で本当に一晩もつのだろうか？　思わず、そんな不安を抱いてしまう。

だけど、彼にキスをされているうちに、そんな考えは彼方へと消えてしまった。

再びとろとろに蕩(とろ)かされた私は、あっという間に快楽の波へと呑み込まれていく。

そして彼の宣言どおり、私は一晩中啼(な)かされ続けたのだった。

四

二回目のエッチも無事に済ませ、ますます知廣さんへの愛が溢(あふ)れる今日この頃。

やや浮かれ気味の私……だったのだが、そんな私を一気に現実に引き戻す出来事があった。

「女将(おかみ)修業……ですか」

「そうです」

朝食の後、お義母(かあ)様に別室に呼び出された私は、いきなりそう切り出された。

「玲香さんもこの家に嫁に来て一ヶ月以上経ちましたし、そろそろ表のことも覚えていただこうと思って。もちろん、これまでどおり家のこともやっていただきますので、まずは週の半分ほど隣にある、おおひなたで勉強してもらいます」

女将(おかみ)のことはお見合いの時に知廣さんから聞いていたけれど、本当に私に務まるのか不安になる。

「お義母様……私に女将のお仕事が務まるのでしょうか……?」

つい弱気な発言をしてしまったら、お義母様の鋭い視線が刺さる。

「務まる務まらないの話ではなく、やっていただかないと困るのです。知廣と結婚した以上、おおひなたの次の女将はあなたしかいないのですから」

「は、はいっ!」

ぴしゃりと言われて、思わず姿勢を正す。

「……女将の仕事は、一日やそこらで務められるようになるものではありません。すぐに一人前になれるなど誰も言いやしませんから、そんなに心配せずとも大丈夫ですよ」

お義母様の気遣いに感謝しながら、大きく頷く。

「わかりました。精一杯頑張ります!」

そうして私は、大日向家の嫁修業プラス、料亭おおひなたの女将修業を始めることになったのだった。

その夜、帰宅した知廣さんにそれを話すと、そうか、と優しく微笑まれる。

「そろそろそういったことを言われるだろうと思っていたが、ついにきたか。たぶん予想よりも早く、玲香が家のことをちゃんとこなせるようになったから、母の中でゴーサインが出たんだろう。君に期待している証拠だよ」

「本当ですか? 嬉しいな……できるだけ皆様のご迷惑にならないように頑張ります!」

とはいえ、生まれてこの方、アルバイトの一つもしたことがない私にとって初めての仕事。しかも料亭のお仕事という、まったくもって未知の世界に不安は尽きない。

表情を曇らせる私の頭に、知廣さんがぽん、と手を載せる。

「大丈夫。君ならきっと上手くできると信じてるよ」

ニコッと微笑む知廣さんを前にすると、体の中から幸せ物質が溢れ出てくるようだ。

――やーん、信じてるよ、だなんてそんな……嬉しい！

両手を頬に当て、幸せを噛みしめる私。

「田丸が言うに、君は鋼のメンタルを持っているらしいのでね」

知廣さんが口元に手を当てて、可笑しそうに笑う。

「えっ……鋼のメンタル？」

「可愛い外見からは想像もつかなかったようだけど、母のキツい言葉を平然と受け止めている姿に衝撃を受けたらしいよ」

――田丸さんに、そんなことを思われていたなんて……気がつかなかった。

「信じてはいるけど、もし何か困ったことがあれば、遠慮無く俺に言うんだよ？　頻繁に様子を見に行くことはできないけど、極力顔を出すようにするから」

大好きな旦那様からの言葉は効果絶大である。

それだけで何があっても頑張ろうという気持ちになってしまうのだから不思議だ。

「はい……！　私、頑張ります」

私が笑顔で返すと、知廣さんも笑顔になる。

そんな彼に頬を一撫でされて、あっという間に不安が消え去り幸せになってしまう私は、なんて単純な嫁なのだろう。

大日向家の隣に建つ、料亭おおひなた。

この店は、知廣さんの祖父が創業した料理屋から始まった。そこからどんどん業務を拡張して今や旅館と料亭、さらにデパ地下などに出店する総菜店をいくつも経営する大企業に成長した。

その要（かなめ）であるこの料亭は、創業当時の建物を今でも使用しており、純日本家屋（かおく）の趣（おもむき）ある建物や庭園も売りの一つである。ちなみにここの庭園にも池があり、自宅同様美しい錦鯉（にしきごい）がいた。

午前のうちに家のことを済ませた私は、昼食後、お義母様（かあさま）と一緒に隣のおおひなたへ移動した。

よくよく思い返せば知廣さんと初めて会ったのはここだ。お見合いからまだそんなに日が経っていないというのに、もう随分と昔のことのように思えてしまう。

おおひなたに到着した私は、お義母様（かあさま）に連れられて事務所の奥の和室にやって来た。

「玲香さんは、お着物は自分で着られるのかしら？」

そう言いながら、お義母様が桐の箪笥から着物を取り出した。

「はい。問題ありません」

「そう。それは結構だわ」

感心するように何度も頷くお義母様。

子供の頃から日舞や華道、茶道など着物に触れることが多かった私にとって、着付けなどわけない。だけど今日ほどこのスキルを身につけておいてよかったと思ったことはなかった。

ぱぱっと着物に着替え、髪をきっちりとお団子に結った私はお義母様のチェックを受ける。

「ここではあなたは次期女将、おおひなたの嫁として見られます。ですから、それに相応しい言動を心がけるようにしてちょうだい。いいわね？」

「はい、わかりました！」

――知廣さんやお義母様達に恥ずかしくないような振る舞いをしなくては。

私は気持ちを引き締め、改めて気合を入れ直した。

従業員の方々が出勤してくるまでまだ時間があったので、私は店に飾る花を生けたり、庭のお掃除をして過ごした。

　そして午後二時を過ぎた頃、事務室に集められた従業員を前に　私とお義母様が並んで立つ。

「皆さん。今日から女将修業をすることになった知廣の嫁、玲香です。では、玲香さん皆様にご挨拶を」

　お義母様に促され、私は気持ちを落ち着けて一歩前に出る。

「皆様、はじめまして。今日からお世話になります、玲香と申します。ご迷惑をおかけすることも多々あるかと思いますが、どうぞよろしくお願いいたします」

　深々と頭を下げると、皆さんからのよろしくお願いしますという声がかかる。

「じゃあ、小峰さんから自己紹介をお願いします」

「ではまず、私が仲居頭の小峰です。どうぞよろしくお願いいたします」

　丁寧に挨拶してくださったのは一番の古株だという中年女性。お義母様と同じくらいの年代かと思われる。きりっとした表情から、とても真面目な印象を受けた。

「よろしくお願いいたします」

　私が頭を下げると小峰さんが、隣に並ぶ年配の男性から順に紹介を始めた。

　店のマネージャーを務める男性と帳場を担当する女性を紹介された後、お義母様と調理場に入り、そこで仕込み作業をしている料理人の皆様にもご挨拶をする。板長をはじめ数名の男性従業員は、私の挨拶に対して丁寧に対応してくれた。

それから商品部という店のオリジナル商品を販売する部署の担当者を紹介してもらい、最後に接客担当の数名の女性達を紹介してもらう。

そこで、ひときわ強い視線を向けられ、思わず笑顔が引き攣りそうになる。

視線の主は、顔立ちの派手な化粧映えのする美しい女性だ。なんというか色気がすごい。全身からフェロモンを発しているような気がする。

――えっと……なんでこんなに見られているのかしら……？

困惑していると、小峰さんがその女性を紹介してくれる。

「……こちらは、接客担当の橋野さんです」

「橋野です。どうぞよろしく。若奥様」

口角を上げて挨拶した橋野さんは、挑戦的な微笑みを私に向ける。

――これって、どう考えても私、彼女によく思われていない……よね？

と思いつつ、なんとか笑みを浮かべて「よろしくお願いいたします」と頭を下げた。

「最後に滝沢さん。年齢も近いことだし、あなたが玲香さんに基本的なことを教えて差し上げてくださいね」

「はい」

最後に紹介された滝沢さんという若い女性に、お義母様がそう声をかけたところで一通りの挨拶は終了。各自持ち場に移動することになった。

私はそのままお義母様から事務作業の説明と予約電話の受け方、ホームページの管理などを教えていただく。覚える量が多すぎて、とても一日では覚えきれない。

——これこそ、マニュアルが欲しい。

一気に詰め込まれた内容に混乱している私を見て、お義母様がため息をついた。

「いくらなんでもこれを一日で覚えろとは言いませんよ。ひとまず流れをしっかり把握してもらって、細かいことは追々確認していくので大丈夫よ」

——お、お義母様が優しい⁉

そこで、私のことを認めてくれているという知廣さんの言葉を思い出し、嬉しさが込み上げる。

「一日も早くお義母様の期待に応えられるよう、精一杯頑張ります！」

私が満面の笑みでこう返すと、お義母様は珍しく照れたように目尻を下げる。

「わからないことはすぐに聞いてちょうだい。聞くは一時の恥、聞かぬは一生の恥ってね」

お義母様もこんな顔をするんだ、と思っていると、お義母様がパチンと手を叩き、お仕事モードに切り替わった。

「じゃあ、玲香さん。この後は滝沢さんの指示に従って。滝沢さん、お願いね」

お義母様が近くにいた滝沢さんに声をかける。

「はい。では、若奥様……とお呼びすればよろしいのでしょうか？」

こちらに歩み寄る可愛らしい女性は、私と同じくらいの年齢だろうか。中肉中背で身長も私と同じくらい。素敵な笑顔につられ、私もついつい顔が緩む。

「このお店では新人ですから、どうぞ玲香とお呼びください」

彼女ににっこりと微笑みかけると、彼女も満面の笑みを返してくれる。

「では、玲香さん。私と一緒にお座敷のお掃除をいたしましょう」

「はい」

滝沢さんとお座敷に移動する。そこで、仲居の仕事について簡単に説明してもらった。お客様がいらっしゃるまでの時間は分担でしっかりとお店のお掃除をする。それが終わったら、板場でその日のお料理について情報交換をして、お客様に尋ねられても困らないよう準備をしておくのだという。

「じゃあ、私は畳のお掃除をしますので、玲香さんは窓拭きをした後、調度品や床の間をこの布で拭いてください」

「かしこまりました」

黙々と掃除を始める私と滝沢さん。彼女は畳の目地に沿ってほうきでゴミを掻き出し、濡れた雑巾で丁寧に拭き上げていく。私は彼女の指示どおり窓ガラスを隅々まで拭き上げた。

窓が綺麗になると、私の気分もスッキリする。それにこの建物、どこもかしこも歴史を感じさせる造りでついつい見とれてしまう。

私が窓を見つめてうっとりしていると、滝沢さんに話しかけられた。

「玲香さんと専務って結構年が離れていますけど、どうやって知り合ったんですか？」

「お見合いです」

答えると、滝沢さんの目が大きく見開かれる。

「えっ……？　専務と玲香さんって、お見合い結婚なんですか？」

「はい」

私が素直に頷くと、滝沢さんは「えーっ!!」と声を上げて驚いていた。

「そうだったんですねー!!　いえね、専務ってあのとおりすごいイケメンだから、若い女性従業員からかなり人気があるんです。そんな人がいきなり結婚したって聞いて、皆驚いたし一部の女性従業員なんてめちゃくちゃショック受けてたんですよ」

初めて聞かされる夫の人気ぶりに、黙ったまま頷いてしまった。

——そうなんだ……でも、なんていったってあの知廣さんだし。それも納得だわ。

「そっか……そうですよね。知廣さん素敵ですもの。人気があるのもわかります。私も彼がなぜ私を選んでくれたのか、今でも不思議に思うことがありますもの」

滝沢さんの言葉を受け止めてしみじみ頷くと、彼女が私ににこりと微笑みかける。

「でも、玲香さんと専務、お似合いだと思います」

人からそんな風に言われたのは初めてだ。

「えっ……!?　そ、そうですか？　そんな風に見えますか……？」

「見えます見えます。少なくとも、私が知っている専務狙いの女性に比べたら、断然お似合いです」

クスクスと笑う滝沢さん。だけど私は聞き捨てならない言葉に反応してしまう。

「私が知っている専務狙いの女性……って、まだこの店にいるということですか!?」

「ああ……うん。さっき自己紹介した中に橋野さんっていたでしょう？　あの人、ずーっと専務のこと狙ってたんですよ。だから、結婚したって聞いた時、すっごく荒れてて。まあ、今はどうかわかりませんけど」

ちょっと気まずそうな顔で、滝沢さんが教えてくれた。

橋野さん――と聞いた瞬間、さっき私に鋭い視線を送ってきた女性を思い出す。

だから、あんな風に私を睨(にら)んでたのかと、妙に納得した。

知廣さんがモテるのは、今に始まったことじゃない。実際、温泉旅行の時もモテていたし。

でも、こんな身近な場所にもいるのかと思うと、やっぱりモヤモヤした。

彼のことは信じているし、信じたい。だけど万が一ってこともある。そんなことを考えれば考えるほど、気持ちが落ち込んでいってしまった。

だんだん表情が暗くなる私に気づいた滝沢さんが、慌てて私に近づいてくる。

「変なことを言ってしまってすみませんでした。あの、専務は橋野さんのこと、全然まったく相手にしていませんでしたから、安心してください！」

私を気遣ってくれる滝沢さんの優しさが嬉しくて、私は笑顔で大丈夫です、と頷く。

「ありがとうございます。彼は素敵な人だしモテるのは当然です。でも私、彼のことを好きな気持ちは誰にも負けない自信がありますので！」

握り拳（こぶし）を作り、胸の前でグッと握ってみせる。

「へえー……なんか、玲香さんて専務のことすっごく好きなんですね」

「はい!!　知廣さんの素敵なところだったら、私いくらでも言えちゃいます！　お仕事で忙しいにもかかわらず私のことを常に気遣ってくれるんです。本当に、嫌なところなんか一つも見つからないくらい、素晴らしい方なんです……!!」

興奮して早口で捲（まく）し立てると、呆気にとられたような顔をされた。

「うわー、こっちまで顔が熱くなってきちゃった」

パタパタと手で顔を扇（あお）ぎながら、滝沢さんが頬を赤らめる。

そんな彼女を見ていたら、自分のやっていることが恥ずかしくなってきた。

「す……すみません。何を言っているんでしょうね、私ったら……」

「いっ、いえ。仲の良さが伝わってきました！　じゃ、次の部屋に移動しましょうか」

私達はお互いに顔を見合わせて笑い合いながら、掃除をするため隣の部屋に移動した。


料亭での仕事を終え、私が家に戻ってきたのは夕方。

本来なら店はこれから忙しさのピークを迎える時間帯なのだが、初日ということで今日は早めに帰された。

滝沢さんに一通りお掃除の仕方を教わった後は、お義母様について女将の仕事を見学した。常に先のことを考え無駄なくテキパキと行動するお義母様は、どこからどうみてもやり手の女将だ。

簡単とは思っていなかったが、考えていた以上に女将の仕事は幅広く大変だということを今日一日で実感した。

こんなすごい人の後を継ぐ女将が私で、本当に大丈夫なんだろうか……

そんな不安を胸に抱えながら自宅に戻った。

「ふー、なんとか初日が終わった……」

二階のリビングに到着して、ソファーに腰を下ろす。

とりあえず大きなミスなく、無事に初日を終えられたことに安堵した。しかし慣れないことばかりの一日を経験し、どうしても体には疲労感が残る。

着物は着慣れているものの、勝手がわからない環境では必要以上に気力と体力を消耗してしまったようだ。

——だけど、どんなに大変でも私はやる。やり遂げてみせる……!!

そう、知廣さんの嫁として必要なことなら、私はどんなことだって頑張れるのだ。

今日のことを思い出し、大事なことを忘れないうちにノートにメモしていると、知廣さんが帰ってきた。

「ただいま」

「おかえりなさい！」

急いで立ち上がり彼に駆け寄ると、知廣さんは笑顔で私の頭を撫でてくる。

「料亭の仕事はどうだった？」

「まだ初日なのでなんとも言えないんですけど、皆さん親切にしてくださいました。それにお義母様のテキパキとした仕事ぶりが素晴らしかったです、さすがでした」

「そうか」

優しい表情で頭を撫で続ける知廣さんにきゅんきゅんする。

だけど、ふと橋野さんの顔が浮かんできて、胸に小さなモヤモヤが生まれた。

——いやだ、私ったら。なんでこんな時にあの人の顔が浮かんできちゃうのかしら……

「玲香」

名前を呼ばれ「え？」と顔を上げると、急に知廣さんに抱き締められた。

「きゃっ……」

驚いたまま彼と顔を見合わせると、突然頬をむにっと摘(つ)まれた。

「ふえっ？」

「顔が強張(こわば)ってるけど、店で何かあった？」

笑いながらむにむにと頬を摘(つ)まれて、どうリアクションしたらいいのか困ってしまう。

――ど、どうしよう……なんとなく橋野さんのことは知廣さんには言いたくないし……

どう答えたらいいのかわからず視線を彷徨(さまよ)わせていると、知廣さんの顔からスッと表情が消える。

「何があった。言いなさい」

さっきまでの優しい視線とは違う、射貫くような冷たい視線に息を呑む。そんな知廣さんになぜか激しくドキドキしてしまった私は、つい昼間聞いたことを口にしてしまう。

「……知廣さんの結婚にショックを受けた女性従業員が、たくさんいると聞いてしまいました……」

「は？」

知廣さんは、まさかこんな答えが返ってくるとは思っていなかったようで、完全に虚を衝かれた様子でぽかんとしている。

「なんだ、それは」

「知廣さんは素敵だから仕方ないとは思うのですが、やっぱり妻としては少し気になってしまって」

「……そんなことは気にしなくていい。まったく、そんな話どこから……」

知廣さんは、呆れたようにため息をつく。

「わ、私、誰がどれだけ知廣さんのことを好きでも、絶対に負けませんから……！」

力強くそう宣言すると、彼の口元がニヤリと上がった。

「可愛い玲香。そんなに健気なことを言われると、ついいじめたくなってしまうな」

「え……？」

「いじめていい？」

「はうっ……！」

彼が顔を近づけてきて、耳元で囁かれる。甘くて低い極上の声が、私の体から力を奪っていく。

ふらっとしてその場に崩れ落ちそうになった私を、知廣さんが腕を回して抱えてくれた。

「ほら、玲香。俺にどうされたい」

知廣さんの声が妖しく耳をくすぐる。

「いっ……、いじめて、くだ、さいっ……!!」

言わされたのか、本心なのか、自分でもよくわからない。

息も絶え絶えにお願いする私を見て、知廣さんが頬を緩めた。

「……ま、遊びはこれくらいにして。そんなに気負わなくても、君はいずれ立派な女将になるよ。俺はそう確信している」

私を見つめる優しい眼差しと、甘い声音に胸がきゅうんと苦しくなり、同時に激しく欲情した。

――知廣さん……っ!　好き、大好き……!!　……抱いてください……!!

「じゃ、じゃあ、修業を頑張ったら、また私のこと抱いてくれますか？」

思い切ってお願いしたら、知廣さんは目を丸くした後、ブッ、と噴き出した。

――しまった……私ったらなんてはしたないことを……

さすがにこれはまずかったかな、と不安な気持ちが押し寄せてきたところで、腰に回された知廣さんの手に力がこもった。

「嬉しいおねだりがきたな」

知廣さんは満面の笑みで私を見つめる。

「えっ。じゃあ……」

「もちろん、いくらでも」

言われた瞬間、私は目を丸くする。

「い、くらでも……?」

彼を見上げて聞き返すと、優しい表情の知廣さんの顔が迫ってきて、あっという間にキスをされた。

「んっ……」

唇を食むみたいな荒々しいキスに必死で応えながら、私は全身で彼を感じようと神経を研ぎ澄ます。

彼の香りにうっとりし、腰に回された力強い腕にときめく。息継ぎの時に薄く目を開けると、彼の綺麗な鼻筋が視界に入り、きゅんきゅん胸が躍った。

私はキスの勢いに押され一歩、二歩と後ずさる。後ろにあるソファーに脚がぶつかり、バランスを崩してそのまま知廣さんごと倒れ込んでしまった。

「きゃ……っ、ち、知廣さんっ……」

「しっ。黙って」

そう言った知廣さんにキスをやめる気配はない。それどころか、着物の上から私の胸を掌でまさぐり始める。

「あ……ん……」

「お見合いの時も思ったけど、君は和装がよく似合うな。でも、脱がすけど」

知廣さんに見てもらおうと思って、お義母様の許可を得て着物のまま帰宅した。そのことが彼をその気にさせるのに繋がったのなら、なんとも嬉しい誤算だ。

知廣さんはキスをしながら私の帯紐を解く。そのまま流れるような手つきで帯を私の体から外し、ソファーの背もたれにかけた。

乱れた着物の合わせから手を差し込まれ、和装用のブラジャーを捲り上げられる。そうして胸を露出させた知廣さんは、一旦キスをやめ私の体を見下ろしてきた。

「……セクシーだ」

短く一言そう言うと、すっかり硬くなってツンと上を向いた乳首に舌を這わせる。

「あ……んっ」

何度も乳首を舐められているうちに、私の股間はすでにぐっしょりだ。

「ち、知廣さんっ……私、もう欲しいっ……」

胸からの刺激に悶えながら懇願すると、乱れた髪を掻き上げながら、知廣さんが微笑む。

「望むところだ」

気持ちが盛り上がった私達はベッドに移動するのすら待てず、そのままソファーの上で激しく愛し合った。

結婚当初はこんなところで愛し合うなんて想像もしていなかったけど、こういうのもたまにはいいな、なんて思ってしまった。

ちなみにソファーで激しく抱かれた後は、お風呂に移動してイチャイチャし、ベッドに移ってからも夜中まで啼かされることになったのだった……

五

女将修業を始めて数日後。今日も私は料亭おおひなたにいた。

覚えることはたくさんあって忙しい。せっせと店の掃除をしている中、ふとした拍子に知廣さんとの熱い夜を思い出してしまい一人顔を赤らめる。これを何度も繰り返す私は、どこからどう見ても挙動不審だ。

――抱いてください、と頼んだのは私だけど、まさかあそこまでされるとは思わなかった……

今でも思い出すとドキドキしてしまう。

ソファーでエッチした後のお風呂で、あの大きな手に乳房を揉みしだかれ、先端を強く摘まれた。もう片方の手には股間を弄られ、長い指で中を掻き回されて……あまりの気持ち良さに我を忘れてよがってしまった。しかもお風呂で終わりかと思いきや、二回戦、三回戦とベッドでもヘトヘトになるまで突き上げられて……

『俺が側にいない時もすぐに思い出せるよう、今日はたくさんしてあげるから……ね？　玲香』

耳元で甘く囁いた知廣さんの声が忘れられない。

というか、時折顔を出すちょっとSっ気のある知廣さんがたまらないです。

──だって、なんだかとってもエ、エロい……んですもの。あんなの、忘れようっていうのがそもそも無理な話で……

しかし仕事中にまで思い出してしまうのはさすがによろしくない。

雑念を追い払いながら、どうにか仕事をこなしているうちに休憩時間になった。

事務所でお茶を煎れて飲もうとしたところに、お義母様がやって来た。

「あ、玲香さん。ちょっといいかしら」

「はい」

「ランチの人手が足りないの。悪いけどあなた、手伝ってちょうだい。配膳ならできるわよね？」

「は、はい！」

お義母様によると、早番の従業員が一名体調不良で欠勤になってしまい、手が足りなくなってしまったとのこと。

接客未経験の私に、ざっくりと仕事の説明をしたお義母様は、くるっと振り返り近くにいた従業員を呼んだ。

「橋野さん。ちょっといいかしら」

その名前を耳にして、あ、と思っていると、呼ばれた橋野さんが私達のところにやって来た。

「今日のランチタイム、木場さんがお休みなので玲香さんに入ってもらいます。橋野さんについてもらいますので、よろしくお願いしますね」

女将直々に頼まれた橋野さんは、私をチラッと見た後ににっこり微笑んだ。

「かしこまりました。お任せください。では、玲香さん行きましょうか？」

「はい、よろしくお願いいたします！」

お義母様に「しっかりね」と声をかけられ、それに頷いた私は、橋野さんに連れられて厨房へ移動する。

まず私が参加したのはランチ前のスタッフミーティング。

ここで今日お客様にお出しする食材について、調理場とお客様係でしっかりと情報を共有するのだそうだ。魚介類はどこで捕れたものか、野菜の産地はどこかなど。

メモをとっても問題ないということなので、忘れないように情報を書き取っていく。

その後、お客様に関することや料理の運び方などを一通り教わった。

「玲香さんには飲み物と、私の後に続いてお食事を運んでもらいます。いいですね？」

と言われて、深く頷いた。だけど橋野さんはまだ何か言いたそうにじいっと私を見つめてくる。

「あの……？」

顔に何かついているのだろうか、と疑問に思いながら彼女に視線を返した。

「ああ、ごめんなさいね。あの知廣さんが妻に選んだ女性ってどんな方だろうとみんなで噂してたの」

「そ、そうでしたか」

橋野さんは笑顔ではあるけれど、どうにも値踏みされている感じが否めない。

すると橋野さんは近くにいた女性従業員と顔を合わせ、クスクスと笑い合う。

「意外と普通でびっくりしちゃったもので」

「はあ……」

――ええと……これってつまり……

知廣さんの相手として、私が相応(ふさわ)しくないということだろうか。

言われたことから、相手の意図を考える。

知廣さんは本当に素敵な人だから、そんな風に思われるのは当然と言えば当然だ。私だってそう思うのだから致し方ない。

なんてことを考えているうちに開店時刻が迫り、それどころではなくなる。

客席の準備とお料理の準備で店内は一気に慌ただしくなっていった。

おおひなたのランチタイムは完全予約制なので、慌てることはないと事前にお義母様(かあさま)から聞かされてはいた。でも、お客様の前に出たことがない私は、やっぱり緊張せずにはいられない。

「いらっしゃいませ」

そうこうする間に、おおひなたのランチタイムが始まった。

表に暖簾(のれん)を掲(かか)げたとほぼ同時に予約のお客様が続々と訪れ、席についていく。

橋野さんをはじめ、手慣れたスタッフがドリンクのオーダーをとってくるので、私はそれを受けて準備をし、事前に教えられたとおりお客様のもとへ運んでいく。

一つ一つ順調にこなすことで、少しずつ緊張が和(やわ)らいでいった。それに、ドリンクを持って行った際に「ありがとう」とお礼を言われたり、お客様の笑顔を見たりすると、なんだか気持ちがほっこりしてくる。

――お義母様が以前、料亭の仕事は大変だけど、やりがいがあるって仰っていたのは、こういう気持ちからなのかな……？

なんて思っていると、背後から「玲香」と私を呼ぶ知廣さんの美声が聞こえてきた。ついに空耳まで聞こえるようになってしまったのかしら……と思っていたら、ポン、と肩を叩かれる。

驚いて振り返ると、そこに知廣さんがいた。

「え、知廣さん!?　どうしてここに？」

「少し時間があったのでね、君の様子を見に来たんだ。どう、調子は？」

にこやかに微笑む知廣さんを見て、体から力が抜けそうになるけど、そこをグッと堪えた。

「今日は接客のお手伝いをさせていただいてます。お客様を相手にするのは初めてなので、ちゃんとできるか不安なのですが……」

自分はちゃんと仕事をこなすことができるのか。彼を前にしてつい弱音を吐いてしまう。そんな私の肩を優しく撫でながら、知廣さんが微笑んだ。

「玲香なら大丈夫だ。自信を持って頑張れ」

彼からの温かいエールに、やる気が漲ってくる。我ながら単純だと思うけど、こればかりはどうしようもない。

「はいっ……!!　頑張ります!!　知廣さんもお仕事頑張ってくださいね！」

「ありがとう。じゃあ戻るよ」

私の二の腕の辺りをポンポンと軽く叩いてから、知廣さんは自分の仕事に戻って行った。

――わざわざ私の様子を見に来てくれるなんて、優しい……！

幸せな気持ちのまま仕事に戻ろうとすると、ちょうど橋野さんが前から歩いてくる。

が、目が合うや否やいきなりギロリと睨まれた。

「仕事中に旦那様とお話ですか、随分と余裕ですね」

――あ、もしかして仕事中は私語厳禁だった……？

「も、申し訳ありませんでした……」

だけど、橋野さんは何も言わずに調理場へ行ってしまう。

反省しつつ私も調理場へ移動すると、いきなり橋野さんにガシッと肩を掴まれた。

「はいっ、玲香さん、これ鈴蘭の間に持って行って！」

「は、はいっ」

結構強めの力で掴まれた肩がちょっと痛かったけど、深く考えず仕事に集中する。

だけどそれは一度きりではなかった。

「ほら、次！　菫の間に瓶ビール!!」

しかも名前すら呼ばれなくなった。

──橋野さん、私に対してだけやけにぶっきらぼうだよね……？

最初はそんなことなかったから、忙しくて余裕がなくなったのかしら？　と思っていたのだが、どうやら違うらしい。

何か彼女の気に障るようなことをしてしまったのだろうか？　考えてみるけど、何も思い当たることがない。

モヤモヤしながら空いたお膳を下げていると、いきなり横からドン！　と衝撃がきた。

そのせいで、危うく持っていたお膳を落としそうになる。

一体何が……と思って見ると、橋野さんが立っていた。

「邪魔。ちんたら歩いてんじゃないわよ」

声を抑えてはいるが、冷たい目でそう言われて驚く。

──もしかして今、わざとぶつかって……？

それでも、なんとか冷静に頭を働かせ頭を下げた。

「も……申し訳ありません」

「まったく……こんな使えない子が知廣さんの奥様だなんて、ほんとがっかりだわ」

フン、と鼻息も荒く橋野さんが私の横を通り過ぎていく。

そこでようやく、彼女の私に対する態度が急変したタイミングに思い至った。知廣さんと話した後だ。私はお膳の上のずれた食器を直しながら、なるほど……と感心する。

――なんだか、昔観ていた昼ドラみたいだわ……

橋野さんは知廣さんと結婚した私が気にくわないのだろう。

その気持ちはわからなくもないが、彼を思う気持ちでは絶対負けないという自信がある。

私は即座に気持ちを切り替えて、早足で厨房に戻った。

その後も橋野さんからは、仕事中に足を踏まれたり、すれ違いざまに舌打ちされたりと、あからさまな敵意を向けられ続ける。だが、理由がわかっている私は、平常心を保ったままなんとかランチタイムを乗り切った。

「お疲れ様……橋野さん、玲香さんはどうでした？」

ランチタイムを終え休憩室に戻ってきた私と橋野さんに、お義母様が声をかける。

「そうですね、初めてなりに頑張っていらっしゃいましたよ。でも、まだまだ努力が必要ですね、全般的に」

他のスタッフと顔を見合わせてクスクス笑う橋野さん。お義母様は、ため息をついて私を見る。

「まだまだなのは承知の上です。玲香さん、今日はお疲れ様」

「ありがとうございます。これからも頑張ります！」

私の肩をポンポンと叩き、お義母様が休憩室を出て行く。その途端、橋野さんからチッという舌打ちが聞こえた。

「何あれ……息子の嫁に甘いんだから……こんなんで、この先大丈夫なのかしら？」

あからさまに敵意を向けてくる橋野さんに、唖然とした。

――わあ……!! 本人が目の前にいるのに……すごい。

驚くのを通り越して感心してしまうほど、橋野さんの私に対する敵意はわかりやすかった。

そんなこんなで、この日の午後三時過ぎ。

遅番で店に出勤してきた滝沢さんが心配そうな顔で、庭掃除をしている私のところへやって来た。

「玲香さん！　今、更衣室で橋野さんが『使えない』とかってすごい陰口言ってたんですけど、昼に何かあったんですか？　大丈夫ですか!?」

「あっ、はい！　大丈夫です……」

昼からの状況を簡単に説明したら、滝沢さんに「ハア〜!?」と呆れられてしまった。

「あからさまですねー、ほんとわかりやすい人だな。でも玲香さんよく平気でしたね」

「はい、なんか昼ドラみたいだなーと思って。それに私、厳しくされると燃える方なので。橋野さんは、きっとそれだけ知廣さんのことが好きだったんだと思うんです。だから私、彼女に知廣さんの嫁として認めてもらえるように努力しようと思います……!!」

　滝沢さんは口をぽかんと開けて私の話を聞いていた。

「……と、とにかく、玲香さんが凹んでいないのなら、私はいいんですけどね。でも、何かされたら我慢しないで言ってくださいよ?」

「はい。ありがとうございます」

　滝沢さんの厚意に感謝しながら笑顔でお礼を言った。

　たとえ、いびられても文句を言われても、足蹴にされたって、私は知廣さんの嫁をやめるつもりはないし、女将修業もこなしてみせる。その意志だけは変わらなかった。


　それからも、橋野さんの私に対する嫌がらせは続いた。

　ある日は、女将や仲居頭からの言葉を私にだけ伝えず、しらばっくれられたり。別の日には、今日中にしなければいけなかったことを教えずにいて、堂々と「私は教えました」と言い張り私に責任を押しつけたり。

　彼女の嫌がらせで、私一人が嫌な思いをする分には別に気にならないのだけど、お客様にまで迷惑がかかるのはよろしくない。というのも、彼女の嫌がらせのせいで予約していたお客様をお待たせしてしまったことがあり、さすがに黙っていられず、橋野さんにもの申した。

「橋野さん。お客様にご迷惑がかかるので、連絡事項はきちんと伝えてもらわないと困ります」

私がこう言うと、彼女はあからさまに苛ついたような顔をして睨（にら）みつけてきた。

「先輩に楯突く気!?　いくら若女将（おかみ）だからって調子に乗ると、後でどうなっても知らないわよ」

そう捨て台詞（ぜりふ）を残し、橋野さんは立ち去ったのだった。

それから数日後のある日。

掃除を終えた私が滝沢さんと事務所に戻ってお茶を飲んでいると、お義母（かあ）様と仲居頭（なかいがしら）の小峰さんが話をしながら入ってきた。

その二人の様子に、滝沢さんが眉をひそめる。

「何かあったのかしら」

「え？」

「ほら、女将（おかみ）達ですよ。なんかやけに深刻そうじゃないですか？　これは何かあったわね……」

「そうなんですか？」

滝沢さんがこくんと頷き、声のトーンを落とす。

「女将（おかみ）があいう顔をしている時は、大抵何かあった時ですから」

「そ、そうなんですね……」

何か起きたと言われても私には皆目見当がつかない。お義母様も私には何も言ってこないし、きっと大したことではなかったのだと思っていた。だが――

「皆さん、ちょっといいかしら」

その翌日、朝礼の時にお義母様がみんなに向かって切り出した。

「ここしばらく、うちの店の物がなくなっている、という申し出が続いています」

それを聞いて従業員がざわついた。

「店の備品や、置物、それに従業員の私物もなくなっているそうです。各人、物の管理には充分気をつけるようにしてください」

この場にいるみんなが顔を見合わせたり、思い当たる何かがある人はこそこそと話をしながら、お義母様の言葉に「はい」と返事していた。

なくなったものがどこかに落ちていないだろうかと、チェックしながら掃除を終えた私は、お義母様に呼ばれて事務所に戻った。

だけどそこにお義母様の姿はなく、仲居頭の小峰さんと接客係の沢井さんという三十代くらいの女性がいた。しかも小峰さんと沢井さんの間に何かがあったらしく、沢井さんの目は涙目だ。

「あなたがしっかり確認しないからですよ!?」

「そんなことを言われても……あの日だってちゃんと確認してから帰りましたし……」

同意を求める沢井さんに、小峰さんの目は冷たい。

「けど、現にビールや日本酒の在庫が全然合わないじゃない。タオルなどの備品もよ？」

小峰さんの言葉に、沢井さんは言い返すことができず唇を噛む。

「わ……私、もう一度店内を探してきます」

困惑したまま倉庫に飛んでいった沢井さんに、小峰さんは苛立ったような険しい表情をしていた。

私、なんだかとってもタイミングの悪い時に来てしまったんじゃ……

「お疲れ様です……」

小さい声で挨拶をして事務所に入ると、小峰さんが私を一瞥した。

「あら……若女将。どうしたんです、今は掃除の時間では？」

明らかに歓迎されていないとわかる態度に、思わず苦笑いしてしまった。

「女将に呼ばれたもので……。女将は今どちらに？」

「女将なら今、お客様に呼ばれて店に行きましたよ」

「そうですか……」

来客か。それなら仕方ない……と、事務所の椅子に腰掛けて待っていると、沢井さんが倉庫から戻ってきた。小峰さんがそんな彼女に声をかける。

「どう？　足りない分の在庫は見つかった？」

「……いいえ……。でも、本当に私は何も知りません……」

ぽろぽろと涙を流し始めた沢井さんに、私は反射的に駆け寄りハンカチを差し出した。

「大丈夫ですか……？」

「若女将……す、すみません……」

彼女は私が差し出したハンカチを申し訳なさそうに受け取ると、それで目元を拭った。

しかし小峰さんは、彼女が泣き出したことに声を荒らげる。

「泣いたからって何も解決しないでしょう!?　これだから最近の若い子は……」

二人を交互に見ていた私は、どうやら問題としているのは今朝お義母様が話していたことについてだと想像する。口を出すかどうか一瞬迷ったけど、おずおずと申し出てみた。

「あの。彼女は知らないと言っていますし、後日改めてみんなで確認してはどうでしょう？」

小峰さんはいきなり口を挟んできた私に驚いたようで、目を丸くしていた。でもすぐにもとの険しい表情に戻り、冷たい目で沢井さんを見る。

「知らないと言っていてもそれが真実かどうかはわからないでしょう？　私は立場上、従業員の仕事に目を光らせる必要があるんです」

この言葉に対して、下を向いていた沢井さんも我慢ならず顔を上げる。

「そんな、私が盗んだっていうんですか⁉」

「そうは言っていないけれど、私には事実を明らかにする義務がありますから」

――小峰さんは仲居頭だから、人を疑うこともしないといけないんだ。だけど……

このままでは、今後お互いに確執が残ってしまうかもしれない。私は、思い切って二人の間に割って入った。

「小峰さんの言い分はわかりました。だから、これから三人で店内を探しに行きませんか？」

私としては冷静に提案したつもりだった。しかし、小峰さんの表情はさっきよりも明らかに強張り、怒らせてしまったようだった。

――あれ？　私、何か怒らせることを言ってしまった……？

私に向かって、小峰さんが毅然とした態度で口を開く。

「物がなくなっている日、最後に店を掃除しているのが決まって彼女だから尋ねているのです。何も知らない若女将は黙っていてください」

「す、すみません！」

ぴしゃりと言われて、私は首を竦めた。

「……私だって、本気で沢井さんを疑っているわけじゃありません。……もういいわ、仕事に戻ってちょうだい」

「……はい」

沢井さんが頭を下げて事務所を出て行ったので、私もお義母様を探しに事務所を出た。

そこで、ちょうど仕事から戻ってきた橋野さんとバッタリ出くわしてしまう。

「あら、お疲れ様」

私と沢井さんにチラッと視線を送ると、彼女はそのまま事務所に入って行った。

橋野さんに挨拶を返した私は、改めて沢井さんへ視線を向ける。

「沢井さん、大丈夫ですか?」

「若女将……すみません、私のために……」

泣きやみはしたものの、まだどこかオドオドしている沢井さん。

「いいえ、全然。だって、沢井さんは覚えが無いんでしょう?」

涙を拭きながら、彼女がこくんと頷く。

「はい……いつだって、帰る前にちゃんと備品の在庫チェックをしていますし、飲み物の数だって全て確認して帰ってます。本当に……なんでこんなことになっているのか……」

私も、わけがわからず首をひねるしかできなかった。

しかし、この日以降、私を取り巻く状況が大きく変化したのである。

「おはようございます」

店に出勤してまず事務所に顔を出す。沢井さんと挨拶を交わしてから、その隣にある休憩スペースでお茶を飲んでいた小峰さんや女性従業員数人に声をかけた。が。誰一人として私を見ない。

――ん？　聞こえなかったのかな？

「おはようございます」

めげずにもう一度声をかけてみるけれど、やはり誰も反応しない。

――んんん？　私の声ってそんなに小さいのかしら？

「おっはようございまーーっす‼」

それならばと精一杯大きな声を出して挨拶するが、誰一人こちらを見なかった。

ここまでくれば、さすがに私もおかしいと思う。

困惑している私に、沢井さんが足早に近寄ってきた。そのまま、焦った様子で私の腕を掴み、事務所から引っ張り出される。

「若女将……！　ちょっとこっちへ」

「沢井さん……あれって一体……」

戸惑ったまま彼女に尋ねると、沢井さんは眉を寄せて言い募ってきた。

「わ、若女将……大変なことになっちゃってるんです……!!」

「大変なこと……ですか？」

なにがどう大変なのか、皆目見当がつかない。

「若女将が私のことをかばってくださった日の夜、橋野さんが大声で『若女将が小峰さんの悪口を言っていた』と話していたらしいんです。それが小峰さんの耳にも入ったみたいで……」

「ああ……そういうことですか」

私の頭に、この間、橋野さんを怒らせてしまった時のことが思い浮かんだ。

――ということは、さっきのあれは意図的に無視をされているということですね。

ようやく状況を理解した私に、沢井さんが申し訳なさそうに頭を下げてきた。

「ごめんなさいっ……！　若女将は私をかばってくれたのに、こんなことになってしまって……」

「いえ……それよりこのこと、女将は知っているんですか？」

「どうでしょう……たぶん、まだ知らないと思います……」

「そうですか……よかった」

お義母様の耳に入ったら大変なことになりそうなので、ひとまずホッとした。

「若女将？」

泣きそうな顔で私を見ている沢井さんに、急いで笑いかける。

「大丈夫です……沢井さんが気にすることは何もないですよ！　だって悪口なんて嘘ですし、そのうちみんな、誤解だってわかってくれます」

明るく言うと、沢井さんの目が不安げに揺れた。

「そんなに簡単にいくでしょうか……？　女将や専務に相談されてみては……？」

「とんでもない、こんなことで二人を心配させるわけにはいきません」

自分が間違ったことをしていないという強い気持ちが根っこにある。自分を認めて修業をさせてくれるお義母様や知廣さん。二人の期待を裏切ることはできない。

「それに、昔大好きでよく見ていた昼ドラの展開みたいでゾクゾクします……!!」

昼ドラ云々というのは強がりだけど、厳しいのは望むところだ。

「ゾ、ゾクゾク、ですか……？」

私の言葉に複雑な表情を見せる沢井さん。

「というのは言い過ぎですけど。学生時代も女性ばかりの環境でしたのでこういった状況には慣れっこです。大丈夫です、わかってもらえるように頑張ればいいだけですから。総スカンなんて」

「総、ではないですよ。私は玲香さんの味方ですから」

背後から聞こえてきた声に振り返ると、滝沢さんがいた。

「昨日から店の中に変な空気が流れてるなーって思ってたんですけど、そういうことだったんですね〜。やだやだ。私、こういうのすごく嫌い」

手をひらひらさせながら、滝沢さんは「うえー」と、苦虫を噛み潰したような顔をする。

「滝沢さん？　味方って……私は嬉しいですけど、大丈夫なんですか？」

私の味方をすると彼女まで無視されるのではないか。そんな心配を覚えて彼女を窺う。

「ぜーんぜん！　だって、玲香さんはなーんにも悪くないですもん」

「た……滝沢さん……!!」

まだ知り合って日も浅い私のことをこんな風に言ってくれるなんて、なんていい方なのでしょう。

「でも誤解は早めに解いた方がいいですよね。仲居頭にそれとなくアピールするのはもちろん、周囲にも言っておきます」

滝沢さんの言葉に、ずっと黙っていた沢井さんが声を上げた。

「私もっ！　若女将の誤解が解けるよう、みんなに話してみます。仕事で何か困ったことがあったら、私がいくらでもフォローしますんで言ってください！」

「あ……ありがとうございます、お二人とも……」

彼女達の優しさにじーんと感動する。

こんなに素晴らしい方々のためにも、私は私のやるべきことを精一杯やるだけだ。

そう気持ちを切り替えて、今日も女将修業に取り組むのだった。

接客係からはほぼ無視されているので、スムーズにいかないことは多い。それでも、私は自分に課せられた仕事を黙々とこなした。

大日向の嫁としても知廣さんの妻としても、この問題に立ち向かうことは必要だと感じる。そう思えば、私はどんな状況でも頑張れるのだった。


家に戻り夕食を終えた私は、二階のリビングで一人映画を観ていた。

さっき、知廣さんから帰りが遅くなると連絡をもらったので、彼を待つ間、大好きな映画を観ることにしたのだ。

【ギャアアアア!!】

そう、ゾンビ映画である。

なんと言っても、振り向いたらゾンビ！　というお決まりのシーンが大好きなのだ。

映像が切り替わった瞬間、ドキッとするあの感覚を味わいたくて、学生時代はいくつもホラー映画、とりわけゾンビ映画をハシゴしたこともある。

あまりにゾンビばかり観ていたので、家族から『お前はどうかしている』と呆れられたっけ。

今日もそのドキドキを感じたくて、知廣さんに教えてもらった動画配信サービスでゾンビ映画を観ているのだけど——なぜだろう。思っていたよりもドキドキしない？

——おかしいなあ……いつもならもっと興奮するのに……

どうやら自分で思っている以上に、今日の出来事が堪えているようだった。

総スカンではなくなったにしろ、接客係の間に漂う微妙な雰囲気は続いている。聡い義母のことだ、きっとこの状況に気がついているに違いない。

本当に私、おおひなたの若女将としてやっていけるのだろうか……

ふと弱気になる。

どんなに頑張っても、それだけではどうにもならないことがあると身をもって教えられた気分。

——本当は最初からちゃんとそつなくできるようになりたいのに、なんで私にはできないんだろう。

大好きなゾンビ映画を観て気持ちを切り替えたいのに、今日はなぜだか上手くいかない。

私は胸にモヤモヤを抱えたまま、一人で床についたのだった。

翌日。今日も私は、滝沢さんと沢井さんを除いた接客係から無視されていた。

しかも元凶と思しき橋野さんも同じシフトで出勤しており、私を見る度ニヤッとされる。

そんな彼女の背中を見つめ、私は負けるもんかと気力を振り絞った。

――このままじゃいけない。なんとかして小峰さんの誤解を解かなければ……

お義母様は何か言いたそうに私を見ていたけど、何も言ってこなかった。

「ではいいですね。皆さん今日も一日頑張ってください」

女将の声に、私は誰より大きく「はい」と返事をする。そんな私を避けるように、接客係がそそくさと各自の持ち場へ散っていった。

「玲香さん、今日は商品部の説明をするから、こっちにいらっしゃい」

「はい」

女将に連れて行かれたのは、店の一角にある商品部の売店。

ネット通販など、「お取り寄せ」が人気のこの時代。おおひなたも独自のオンラインショップを持っている。この売店では、オンラインショップで扱っているお菓子やお酒、レトルトパウチに入った長期保存食品などを販売していた。そうした商品の管理を一手に行っているのがこの商品部らしい。

担当の女性従業員に説明を受け、まずは店内商品の賞味期限のチェックをした。

それから、オンラインショッピングの受注について教えてもらう。

「すごいですね、毎日こんなに売れてるんですか……?」

今日発送する分だけでも結構な量だ。

私が感心して目を丸くしていると、女性従業員は笑顔で首を横に振る。

「いいえ、これはまだ少ない方です。テレビや雑誌で商品が紹介された時なんて、本当にすごかったんですから。在庫があっという間に無くなって、増産が追いつかないくらい注文が入ったんです。喜ばしいことなんですけど、めちゃくちゃ忙しくって大変でした」

「そうだったんですか」

「専務が商品の宣伝に力を入れ始めてからですよ、商品がこんなに売れるようになったのは」

思いがけず知廣さんの話題が出てきて、えっ、となる。

「知廣さんが……?」

「そうですよ、専務がオリジナル商品の開発に力を入れたおかげで商品がヒットしたんです。おおひなたの名前が今ほど広く知られるようになったのは、専務の力が大きいと私は思っています」

ニコッと微笑まれて、私も笑顔になる。大好きな知廣さんのことを褒（ほ）められると、嬉しくてたまらない。

——そんなすごい人が私の旦那様なんだ……

それと同時に、彼の妻として恥ずかしくない自分でいたいと強く思った。

「すごいですね、知廣さん……」

彼を思ってニコニコしている私を微笑ましそうに見ていた女性が、「そうだわ」と声を上げた。

「さっき、女将の電話が聞こえてしまったんですけど、もうすぐ専務がこちらにいらっしゃるそうですよ」

「え？　本当ですか!?」

「ええ、電話ではそんなようなことを仰っていました」

「そ、そうですか！　情報ありがとうございます！」

——知廣さんに会える……！

仕事中なのに、つい胸が躍り出す。おかげで大量にあった値付けの作業が、あっという間に終わった。

知廣さんに会えると思うだけでこんなに仕事が捗るなんて……自分でもびっくりだ。

「玲香」

その時、聞き慣れた声に名前を呼ばれ、ぱっと振り返る。

売店の入口に立っていたのは私が愛する知廣さんだった。

「知廣さん！」

嬉しさのあまり、私は彼のところへ駆け寄る。

「どうしたんですか？　今朝は来るなんて言ってなかったのに」

すると知廣さんは、にこりと微笑んで私の頬を優しく撫でた。

「頑張る君の支えになりたくてね」

「支えに……？」

それってどういう意味だろう……と首を傾げると、背後にいた商品部の女性が私達をチラチラ見ながら、コホンと咳払いした。

「若女将、よかったら先に休憩をどうぞ？」

「す、すみません……ではお言葉に甘えて……」

恥ずかしいような、嬉しいような気持ちでそう言ってくださった女性に感謝する。

休憩をいただいた私と知廣さんは、商品部の女性に会釈をして休憩スペースのある事務所へ移動した。

「今日は何をしてたの？」

事務所の椅子に腰掛けるや否や、甘い雰囲気から一変仕事モードで尋ねられる。私は慌てて、緩みっぱなしの表情を引き締めた。

「今日は、商品部のお手伝いをしました。さっきはメディアに紹介されてヒットした商品を教えていただいていたんです。知廣さんが商品開発や宣伝に力を入れたおかげだって聞いて、なんだか自分のことみたいに嬉しかったです！」

喜ぶ私を見て、知廣さんがほんの少し頬を緩める。

「ありがとう。でも俺だけの力ではないよ。商品開発に携わったみんなのおかげだ」

謙虚な姿勢の彼に、私は頷いた。

「……そうですよね。たくさんの方々が、おおひなたのために心を砕いて頑張ってくれているんですもんね。私もその一員として、一日も早くお役に立てるように頑張らないと」

そう自分に言い聞かせる。すると、それを聞いた知廣さんは何かを考えている様子だったが、しばらくしてフーッと息を吐き出し目を伏せた。

「頼ってくれれば俺も動けるのに。まったく、君って子は……」

「……え？」

何気なく聞き返すと、彼は小さく首を振った。

「いや……なんでもない。頑張るのはいいけど無理をしてはいけないよ。もし何かあれば、必ず俺に相談してほしい」

優しい口調でそう言うと、知廣さんが私を真っ直ぐ見つめてきた。

――知廣さん、もしかして私の置かれている状況に気がついている……？

一瞬、聞いてみようかと思った。けれど彼が聞いてこないなら、私から言う必要はないと思って聞かなかった。

「はい。何かあったら真っ先に知廣さんに相談しますね」

「約束だよ。いいね？」

「わかりました」

「……よし」

知廣さんは何か言いたそうに見えたけど、それ以上聞こうとはしなかった。

その後すぐ、ランチタイムを終えた女性従業員が知廣さんに気づき、あっという間に彼を取り囲んでしまう。

「知廣さんじゃないですか!!　お久しぶり〜!!」

「きゃー、相変わらずいい男ねー!!」

——そうか、皆さんほぼ知廣さんより年上だから、会うとこんな感じなのね……

たとえるなら、親戚のおばちゃんが久しぶりに甥っ子に会うみたいな。

そんな中、知廣さんが私に向かって「立って」と耳打ちした。戸惑いつつも言われるがまま立ち上がると、彼はいきなり私の腰をぐいっと自分に引き寄せる。

「皆さんに改めて妻の玲香を紹介いたします。素直で頑張り屋ですが、料亭の仕事についてはまったくの未経験です。皆様のお力が必要になる場面も多々あると思いますので、その時はどうぞ力になってやってください。よろしく頼みます」

知廣さんが大きな体を折り畳み、みんなに深々と頭を下げる。突然のことに呆然としていた私もハッとなって、頭を下げた。

知廣さんの行動に、この場にいた接客係の女性達はみんな、気まずげな顔になる。だけど、その中の一人が「こちらこそ、よろしくお願いします」と言ったのを皮切りに、次々とよろしく、と言って私に笑みを見せてくれた。その中には、私のことを無視していた人も含まれており、私の胸にじわりと喜びが広がっていく。この状況を作ってくれたのは知廣さんだ。私の状況には一切触れずに、従業員との仲を取り持ってくれた……

私が感謝の気持ちでいっぱいになっていると、事務所に橋野さんが入ってきた。

「あら、知廣さん。お久しぶりです」

そう言うとすぐ側まで来て、彼の腕をさわーっと撫でながら上目遣いで妖艶（ようえん）な視線を送ってくる。

でも知廣さんは、特に表情を変えることなく彼女を見下ろした。

「橋野さん、お久しぶりですね。妻がお世話になっています」

知廣さんが妻、と言った瞬間、橋野さんのこめかみがピクッとした。

「いいえ、とんでもない。本当に可愛らしい奥様で……お似合いのご夫婦で羨（うらや）ましいです」

橋野さんはチラッと私を睨みつけ、すぐまたうっとりと知廣さんを見つめた。

私を睨むのは構わないが、知廣さんにベタベタ触るのはやめてほしい。

私がモヤモヤしながら彼らを見ていると、商品部の従業員が事務所に入ってきた。

「若女将、休憩交代していただいてもいいですか？」

「あっ、はい。すぐ戻ります」

食べ終わった食器を片付けて、事務所を出ようとすると知廣さんに「玲香」と声をかけられた。

「今晩は早めに家に帰るから、二人でゆっくり過ごそう」

そう言って私に優しい視線を向ける知廣さんに、この場にいる女性達から「んまあ、仲良しねえ」と声が上がる。

「……っ!!　はい……!!」

知廣さんの横にいる橋野さんがすごい顔で私を睨みつけているけれど、そんなのはもうどうでもいい。

単純な私は、彼のその一言ですっかり頭の中がお花畑になっていた。

――久しぶりに、知廣さんとゆっくり夜が過ごせる……!!

ここ最近、色々あった分、喜びが溢れ出して止まらない。私はまるで宙に浮いているようなふわふわした心地のまま、商品部に向かった。

彼と過ごす夜を思って、いつも以上に仕事に励む。せっせと商品の片付けをしたり、お土産を買いにこられたお客様の接客をして過ごしていると、橋野さんがやって来た。

「玲香さん。悪いけど、ちょっとこっちの仕事を手伝ってもらいたいの。いいかしら」

私が商品部の女性に視線を向けると、笑顔で頷かれる。

「はい、わかりました」

橋野さんに連れられてきたのは、さっきまで団体のお客様がいた広いお座敷だ。

「ここをすぐに片付けてもらいたいの。大至急よ。いいわね？」

「……大至急、ですか？」

「そう。ここが終わったら、今度は配膳もあるからよろしくね」

この店では、そのお座敷の接客を担当した人が基本後片付けもすることになっている。それに、団体さんの後片付けは、いつも数人でやっていたと記憶しているのだが、橋野さんは私を残してさっさとお座敷から出て行ってしまった。

——みんな、忙しいのかしら……？

不思議に思いつつも、大至急と言われては考えている間も惜しい。

私は急いで広間の片付けを始めた。だけど、さすがに私一人で片付けるとなると、どんなに急いでもそれなりに時間がかかってしまう。

早く終えるにはもう少し手が必要だと思い、食器を運びながらすれ違う接客係の女性に応援をお願いしてみるが、みんな忙しいらしく断られてしまった。

頼みの綱の滝沢さんは別のお座敷に行っているし、沢井さんは今日は非番のため助けを求めることはできない。私は諦めのため息をついた。

——仕方がない。一人でできるだけ早くやるしかないか……

広間に戻った私は、急いでお膳を片付けていく。何度も調理場と往復して全ての食器を片付け、最後に残ったジョッキとビール瓶を纏めた。一気に運んでしまおうと、お盆に載せて持ち上げる。

「重っ……！」

ジョッキって纏めると重いのね……と思いながら、よろよろと調理場まで踏ん張った。あともう少しというところで、目の前から接客係の女性が歩いてくる。すれ違いざま、女性の肘が私の腕に強く当たった。

「あっ……」

バランスを崩した拍子に、お盆の上のジョッキがいくつか床に落ちて、パリーン！と音を立てて割れてしまう。

「あらー、どんくさいわね。ちゃんと片付けなさいよ」

その女性はクスクス笑いながら、歩いて行ってしまった。

――やっちゃった……

さすがにこれにはショックを受けつつも、急いで気持ちを切り替える。割れたガラスで誰かが怪我をしては大変だ。ひとまず持っていた物を邪魔にならない場所に置き、ガラスの破片を拾い始める。その時、掌に鋭い痛みを感じた。

「痛っ……!!」

見たら掌の中心からじわーっと血が滲み出している。それを見て、一瞬、頭の中が真っ白になった。

――ど、どうしよう……いや、でもまず先に割れたガラスを片付けなければ……!!

私は持っていたハンカチを掌に巻きつけ、目につくガラスの破片を拾い集める。全て拾い集めた頃にはハンカチが赤く染まっていた。

「あれ、玲香さん？　どうしたんですか……」

床にしゃがみ込む私の前に、別の部屋の片付けを終えたらしい滝沢さんが駆けてくる。

「ジョッキ割っちゃいました？　あれ、その手……って、怪我してるじゃないですか!!

大丈夫ですか!?」

「ごめんなさい、大きな破片は全部拾ったんですけど……」

「それよりも手当てが先です！　ほら、事務所行きましょう!!」

滝沢さんはすぐに別の接客係にその場の片付けと女将への報告を頼み、私を事務所へ引きずって行く。幸いそこまで傷が深くなかったので、止血して様子を見ることにした。

「それにしても、なんで玲香さんが一人で座敷の片付けをやってるんです？　担当の接客係はどこ行ったんですか⁉」

私の手に包帯を巻きながら、滝沢さんは明らかに苛立っていた。

「えっと、橋野さんに大至急片付けるように頼まれて……他の方にも声をかけたんですが、皆さんお忙しかったようで……」

「そんなわけないです！　それ、絶対に橋野さんの嫌がらせですよ！　いくらなんでもこれはやり過ぎです！」

滝沢さんが声を荒らげると、廊下の向こうから足早にこちらへやってくる足音が聞こえて来た。

「玲香‼　怪我をしたって……」

そう言って事務所に顔を出したのは知廣さんだった。彼は椅子に座った私の前に膝をつき、怪我をした手をそっと包み込んで眉を寄せる。

そんな顔をさせてしまったことに、申し訳ない気持ちでいっぱいになった。

「お仕事中にごめんなさい」

頭を下げる私を知廣さんが制する。

「謝らなくていい。それより……女将(おかみ)から連絡をもらって肝が冷えたよ。傷の具合はどうなんだ？」

「ガラスで少し切っただけなので、大丈夫です……ごめんなさい、心配をかけてしまって」

「いや……ただ、どうして玲香が一人で座敷を片付けていたのか、その理由を聞きたい」

真剣な表情の知廣さんに、つい背筋が伸びてしまう。私はもう一度、橋野さんに団体客の片付けを頼まれた経緯を話した。すると、知廣さんの顔がどんどん険しくなっていく。

「……一人で？　誰も手を貸さなかったのか？」

「あっ、あの、でも、皆さんお忙しいんだと……」

私がこう言った瞬間、知廣さんの顔から表情が消えた。

「仲居頭（なかいがしら）とその座敷の担当者を呼べ」

そのピリついた声音（こわね）に、滝沢さんが「はっ、はい!!」と慌てて小峰さんを呼びに事務所を出て行った。

ややあってから滝沢さんが、小峰さんと橋野さん、それに女将（おかみ）を連れて事務所に戻ってくる。

「玲香に団体客の片付けを一人でやらせたそうだな。団体客の接客を担当していた者達は、手伝いもせずに何をしていた？」

知廣さんの、静かな怒りに満ちた声に、この場にいる者達は一様に青ざめた。ただ、一人を除いて。

「みんながそれぞれ別の仕事で出払っていたので、手の空いていた玲香さんに声をかけたんです。私はちゃんと、一人で無理なら応援を呼ぶようにと申し上げました。そうしなかったのは玲香さんでしょう。これは単に、彼女の判断ミスです」

平然と嘘をつく橋野さんに、さすがにムッとする。

――そんなこと一言も言ってなかったのに……!!

私にちらっと視線を送った知廣さんは、厳しい目で橋野さんを見る。

「たとえそうだとしても、そもそも座敷の担当はあなただ。本来複数人でやる仕事を、なぜ彼女一人だけにやらせる？　他の者も、玲香が一人でやっているのを見て、どうして誰も手を貸さない？」

淡々と口にする知廣さんからは、猛烈なブリザードが吹き荒れている。

「そ、それは……」

それを正面から浴びた橋野さんは、さすがに言葉に詰まり、青くなって視線を泳がせた。

「おおひなたの接客の基本は真心と人を思いやる心です。それができていないとは、どういうことです、仲居頭？」

矛先を向けられた小峰さんが、ビクッと肩を震わせた。

「申し訳ありません……!!　玲香さんが一人で座敷を片付けているのを見て見ぬふりをしておりました。……本当に、申し訳ありませんでした」

頭を下げる仲居頭を見て、橋野さんも仕方ないとばかりに渋々頭を下げる。

ここまで、ずっと無言でやり取りを見守っていた女将がついに口を開いた。

「ここ最近、店におかしな空気が流れているのが気になっていました。専務の言うとおり、おおひなたの接客の基本は、真心と人を思いやる心です。皆さんには、おおひなたの接客係として恥じない行動を心がけるようにしていただきたい。いいですね？」

「はい」

女将の言葉に深く頷いた小峰さんは、神妙な顔のまま私に向き直る。

「玲香さん。これまでのこと本当に申し訳ありませんでした。接客係としても、仲居頭としてもあるまじき振る舞いでした。許していただけるかわかりませんが、これからもおおひなたの一員として、誠心誠意務めさせていただきますので……」

深々と頭を下げる小峰さんに、私は慌てて首を横に振った。

「小峰さん、頭を上げてください。どうかこれからも、厳しい指導をお願いいたします！」

すると小峰さんは、驚いたように目を丸くした後、柔らかく微笑んだ。

「こちらこそよろしくお願いいたします。……若女将は真っ直ぐな方ですね。これからのおおひなたが楽しみになってきました。では、仕事に戻ります」

そう言って小峰さんは、改めて女将と知廣さんに頭を下げて、橋野さんと滝沢さんを連れて事務所を出て行く。ずっと不服そうな顔をしていた橋野さんは、去り際じろりと私を睨みつけていった。

事務所に私と知廣さん、女将であるお義母様が残されると、すぐにお義母様が私に声をかけてきた。

「玲香さん、今日はもう知廣と一緒に帰りなさい。怪我のこともあるし、ゆっくり休んで」

「でも……」

「いいから」

「……はい」

気遣ってくれるお義母様に申し訳ない気持ちになりながら、私は知廣さんと一緒に家に帰った。

二階のリビングに到着してすぐ、知廣さんにソファーに座らされる。

その横に腰を下ろしてきた知廣さんが硬い表情で口を開いた。

「あれほど無理をするなと言ったのに、なぜ言ったそばから無理をするんだ、君は」

お怒りモード継続中の知廣さんに、私はしゅんと肩を落とした。

「ごめんなさい……知廣さんの妻として、おおひなたの嫁として頑張りたくて……」

俯く私の前で、知廣さんがため息をつく。

「その結果、怪我をしたんじゃないのか」

うっ、と言葉に詰まりながら、包帯の巻かれた掌をもう片方の手で包み込んだ。その手を、知廣さんがじっと見つめてくる。

「頑張りたいという君の気持ちを大切にしたかった。だけど、何も言ってくれない君をただ見ているだけは辛い。接客係とのことだって、俺も母も心配していたんだ。玲香、頼むから一人で無理はしないでほしい」

静かながら、強い口調でそう言われて、知廣さんを見つめる。

「……やっぱり気づいていたんですか……？」

「母から報告を受けたのでね」

「ごめんなさい……」

――私、頑張りたいって言ってるだけで、こんなに二人に心配をかけていたんだ……

ずーんと沈み込む私に、知廣さんが少し声を柔らかくして声をかけてくる。

「君が頑張りたいと言うなら、俺はそれを応援する。だけど嫌がらせをされているなら、我慢せず相談してほしかった」

「我慢、ですか？　それは別に……学生時代の方が、もっとすごいこといっぱいありましたし」

私がケロリとしていると、知廣さんが困ったようにため息をついた。

「とにかく。一人で色々やろうとしない。先は長いんだ、困った時は遠慮無く俺でも母でも頼ってほしい。いいね？」

優しく微笑む知廣さんに、私の気持ちが緩んだ。

「はい……！」

優しい旦那様にこれ以上心配かけちゃいけない。だけど、心配してくれることがとっても嬉しい。

修業はまだ始まったばかりだけど、こうして何か乗り越える度に、私と知廣さんの夫婦の絆が深まっている気がした。

六

怪我をした私は料亭の女将修業を一週間お休みすることになった。

手の怪我は、一応病院にも行ったけど縫うほどではなく、痛みも早く引いた。だけど怪我を気遣ってなのか、知廣さんは夜、私を求めてはこなかった。

そんな中、知廣さんに衝撃の事実を告げられる。

「え、出張、ですか……!?」

「そう。売り上げが落ちている店を巡回することになってね。二週間くらい留守にすることになった」

それを聞いた途端、私の目の前が真っ暗になる。

「に、二週間も……!?」

夫婦として少しずつ成長を感じられるこの頃。だけど、離れるのはやっぱり寂しい。

いい妻なら笑顔で送り出すものなのだろうけど、今の私にそんな余裕はない。

つい複雑な顔で口を真一文字に引き結んでしまう。すると、知廣さんが私の顔を覗き込んできた。

「どうしたの。何か言いたそうだね」

「言いたいんですが、我慢してます……」

「何を？　言って、玲香？」

「……知廣さんと、そんなに長い間離れたくないです……」

ついわがままを言ってしまった。

だけど知廣さんは、嬉しそうに頬を緩ませ私の体を優しく抱き締めてくれる。

「俺と離れたくないの？　それなら我慢せず、そう言ってくれればいいのに」

「だ、だって……知廣さんはお仕事で留守にするんですから、わがままを言って困らせてはいけないと思って……」

「玲香は謙虚だな」

知廣さんがぽん、と私の頭に手を載せる。

「そんなことないです……ただ、知廣さんに嫌われたくないだけで」

「嫌いになどならないよ」

笑いながら頭を撫でてくれる、彼の優しさに甘えたくなってしまう。でも良き妻としては、しっかりと笑顔で彼を送り出さなければならない。

「……わかりました、家のことは気になさらずお仕事頑張ってきてください。私も女将修業頑張りますから」

「頑張るのはいいんだが……君の場合、無理をするんじゃないかと、そっちの方が心配だ」

「重々気をつけます……」

くれぐれも、と再三念押しをされ、私は何度も頷くのだった。

お義祖父様が留守の日、代わりに庭の、松・竹・梅子さんの餌やりをするのが私の役目である。

私はぼーっと、激しく水面を揺らして我先に餌を食べる三匹を見ているうちに、ふと撫子さんを思い出した。

――そういえば、撫子さん元気かな。そろそろ彼女とランチにでも行きたいな……

久しぶりに会いたくなって、さっそく彼女をランチに誘った。すぐに返事がきて、行きたいお店があるからと、予約は彼女にお任せすることにした。

そうして週末。彼女の休みに合わせてランチの約束をした私は、今日は一体どんなお店に連れて行かれるのか……と、わくわくしながら家を出た。

待ち合わせ場所に到着するのとほぼ同時に、反対方向から歩いてくる撫子さんを見つけた。

長い巻き髪をなびかせ、膝丈のフレアスカートから美脚を覗かせる撫子さん。パンプスの音をカツカツと響かせこちらにやって来る彼女は、どこからどう見てもこれからデカ盛りチャレンジをする大食らいには見えない。

でも、そんなギャップが彼女の魅力の一つだと、私は常々思っているのだが。

「玲香さんお待たせ！　今日も素敵なお店を予約しているんですのよ」

そう言って、彼女が私を連れて行ったのは、一見普通の洋食屋さんだった。店内はウッドテイストで統一された落ち着いた空間で、ランチタイムとあってそこそこ混み合っている。だけど、メニューを見た瞬間、なぜ彼女がこの店を選んだのかがわかった。

「……撫子さん、目当てはこれですね。スーパーデカ盛りオムライス……」

総重量が約三キロという、巨大なオムライスの写真を指さした。

「そうです！　以前テレビで拝見してから、一度食べてみたいと思っていたんですの」

ウキウキとした様子で、さっそく撫子さんが注文を済ませた。何も知らない店員さんは、本当にデカ盛りを食べるのかと何度も注文を聞き返していたが。

ちなみに私は普通サイズのオムライスを注文した。

しばらく当たり障りのない話をしていたら、デカ盛りのオムライスと普通盛りのオムライスが運ばれてくる。卵が半熟のとろっとしたオムライスではなく、昔ながらのしっかり焼いた卵で包まれたオムライスだ。

「来ました来ました！　では、さっそくいただきますわね」

私がデカ盛りオムライスの大きさに呆気にとられているうちに、彼女は颯爽とスプーンを手に取り嬉しそうにオムライスを食べ始めた。

「美味しい!!　卵の甘さとチキンライスの甘塩っぱさがちょうどいいわ。ほら、玲香さんも食べて」

彼女に勧められるまま、私もオムライスを口に運ぶ。

「うん、美味(おい)しいです！　ほんとに味のバランスがちょうどいいですね」

夢中でオムライスを食べ進めていると、ある程度お腹が満たされた撫子さんが私に尋ねてきた。

「で、最近はどうなのです、女将(おかみ)修業の方は」

ちょっと考えた私は、先日料亭で起きた出来事を彼女に話した。

「幸い、仲居頭(なかいがしら)の誤解は解くことができたんですが、まだちょっと気がかりなことがあって……」

「橋野さんという方ね？」

オムライスから視線を上げて、撫子さんがズバッと聞いてくる。躊躇(ためら)いつつこくりと頷いた私は、オムライスを食べる手を止めた。

「はい。これでもかというくらい敵意を向けられているので、また何かあるような気がして。でも、どれだけ敵意を向けられても、私が知廣さんの妻をやめることは絶対にありません。だから、橋野さんにも知廣さんの妻と認めてもらいたいと思っているのですが……」

そう話したら、撫子さんに「甘いですわ」とぴしゃりと言われる。

「世の中には、人のものだからよく見える……という変わった方がいらっしゃるの。妻(あなた)という特別な存在が現れたことで、彼女の知廣さんを手に入れたいという欲求が高まったんじゃないかしら」

　サラダを食べようとしていた手を止めて、青ざめる。

「ええ……そんな……」

　動揺する私に対して、撫子さんは至って冷静だった。

「あら、知廣さんはその女性に興味がないのでしょう？　ならあなたが気にする必要はないのではないかしら」

「それは、そうですけど……」

「まあ……偉そうなこと言いましたけど、自分自身に同じことが言えるかと問われたら、無理かもしれませんけどね……」

　そう言って、彼女は私を見て困ったように微笑んだ。

「……正直に申し上げて、羨ましいですわ……私も玲香さんのように素敵な恋愛がしてみたい……」

「あれ……確か、撫子さんもどなたかとお見合いされてませんでしたっけ？」

　彼女は「ああ」と、今思い出したように話を始める。

「いい方だと思いましたけど、私とは合わない気がしてお断りしましたの。お見合いはもう結構よ」

「え、でも、もしかしたら私のように、素敵な方と巡り合えるかもしれませんよ？」

すると撫子さんはチラッと私を見てから、ハア、とため息をついた。

「実は私……ずっと黙っていましたけど、好きな方がいるのです」

「ええっ……!?」

このようなことを彼女が口にするのは、これまでの学生生活を全て通しても初めてのことだ。

「どっ……どんな方なんですか!?」

即座に尋ねると、撫子さんがふと遠くを見つめる。

「……そうね、あの方はいつも冷静沈着で、どんなに無理難題を押しつけられても余裕で解決してしまうような聡明な人……ちょっと年の差はあるけれど、彼の見た目が若々しいから問題ないわ。眼鏡の奥の切れ長の目に見つめられると、軽くカツ丼三杯はいけてしまうくらい素敵な人……」

「も……もしかして撫子さん、ずっとその方のことを……？　だから誰ともお付き合いなさらなかったの……？」

私と目を合わせた撫子さんが、肯定するように頷く。

「だって。すでに心に決めた男性がいるのに、他の男性とお付き合いなんてできないわ。私、こう見えてしつこいくらい一途ですから」

そう言いながら、にっこり微笑む撫子さん。その笑みは、今現在デカ盛りオムライスにチャレンジ中とは思えないくらい美しかった。

「……な、撫子さん……！　もっと早く言ってくだされば、私、全力で応援したのに……!!」

腕を掴んで軽く揺さぶると、彼女は申し訳なさそうに眉尻を下げた。

「ごめんなさい。その方は家族ぐるみでお付き合いしている方なので、そう簡単に気持ちを伝えることができないの。だから困っているのです……」

いつも私の悩み事を聞いてくれる撫子さんには、私以上に幸せになってほしい。そのためなら私はなんだってお手伝いするつもりだ。

「私に何かできることがあれば、なんなりと仰ってくださいね。私、撫子さんのためなら一肌も二肌も脱ぎますから!!」

「頼もしいわ、その時はぜひお願いするわね。いつか私も、あなたみたいに恋に本気になってみたいわ」

「撫子さん……」

「ふふ。物事にあまり動じない玲香さんが、知廣さんのことになると別人のようになるのがちょっと興味深いのですわ。恋って人を変えるものなのですね……」

窓の外を眺めていた撫子さんが、私を見て微笑んだ。

「それにしても、その橋野さんという女性もすごいわね。あなたを蔑ろにしても大丈夫だと思っているあたり、とんだ女狐ですわよ。そういう女性は、きっとまた何か企んでくるんじゃないかしら」

ごくりと息を呑んで頷く私に、撫子さんがニヤリと笑った。

「あと、正直なところを申し上げてもよろしくて？　私、あなたの旦那様は、只者ではないと思っておりますの」

急に彼女がこんなことを言い出すものだから、私はぽかんとしてしまう。

「……只者ではない、ですか……？」

スプーンに山盛り載せたオムライスをパクッと口に入れた撫子さんが、特に表情を変えず淡々と話す。

「実は私、最近身近な人間に大日向知廣さんについてのお話を伺いましたの。経済界ではかなりのやり手で、彼の仕事には無駄がないと高い評価を得ていました。そして、皆様、口をそろえて敵に回したら怖い人物だ、と仰ってましたわ」

「……へ、へー、そうなんですね……」

敵に回したら怖い、という言葉に、この前のブリザードを思い出す。

「ですので、そんな方がその女性の嫌がらせをいつまでも放っておくとは思えないのです」

「……言われてみれば……」

確かに私にお説教している時も、彼は色々わかっている様子だった。

――橋野さんが何か企んでくる、か……

嫌がらせ自体は別に平気なんだけど、誰かに迷惑をかけたり、店の雰囲気が悪くなったりするのは困る。

知廣さんには何かあったら必ず報告しなさいと念押しされているけれど、忙しい彼に何をどこまで相談したらいいのか悩むところだ……

考えながらオムライスを食べていたら、目の前の撫子さんのお皿がもうほとんどなくなっていることに気がつき、唖然とする。

「撫子さん……早い……このオムライスって制限時間ありましたっけ？」

「いえ、ありがたいことに、このお店は時間制限はありませんのよ。でもほら、あんまりゆっくり食べていると冷めてしまうでしょう？　やっぱり美味しいものは温かいうちに食べなくてはね？」

もぐもぐ食べながら、彼女がにっこりと微笑んだ。

私が普通サイズのオムライスを食べ終えお水を飲んでいると、撫子さんもデカ盛りオムライスを完食。妙齢の美しい女性が驚きのスピードで平らげたので、お店の方が相当びっくりしていた。

「まあ、とりあえずは、向こうの出方を待てばよろしいのでは？」

「出方を？」

「お話を聞く限り、その方は相当苛立っているのではないかしら？　きっと近々何かしてくると思いますわよ」

おののく私とは対照的に、撫子さんはどこか楽しげだ。

「ふふ。その女性に対して、知廣さんがどんな報復をするのか楽しみですわね」

「もう、笑い事じゃないですよ……」

デカ盛りチャレンジの成功報酬は本来なら四千円するオムライスの代金がタダになる、というもの。しかし撫子さんは、成功報酬を断り、きっちりと代金を支払っていた。なぜならば――

「こんなに美味しいオムライスに代金を支払わないなんてお店に対する冒涜です。私の気持ちが収まりませんわ」

そう力説する撫子さんはやっぱりとても格好いい。

だけど、私の頭には『橋野さんが近々何かしてくる』という言葉が消えずに残っていた。

でも、たとえまた橋野さんが何かしてきたとしても、私は知廣さんの妻として、おおひなたの嫁として恥ずかしくないようにしよう、と密かに決意するのだった。

それから数日後、私が久しぶりにおおひなたに出勤すると、私と同じく遅番で入っていた沢井さんがすぐに飛んできてくれた。

「若女将、怪我はもう大丈夫なんですか？」

「はい、もうすっかり。ご心配おかけいたしました」

彼女にも心配をかけてしまっていたことに申し訳なく思っていると、他の従業員も数人、私のもとへやってきた。

「若女将、おはようございます」

一人がそう私に声をかけると、一緒にやってきた人達が順に私に挨拶をしてくれる。

「おはようございます……！」

一週間前はほとんど挨拶をしてもらえなかったのに。

嬉しさのあまりやる気が体中に漲った私は、その勢いのまま掃除に励んだ。

休憩時間になり、事務所でお茶を飲んでいると、女将と仲居頭の小峰さんが浮かない顔で入ってきた。

「まったくもう……ここ最近は無かったからすっかり安心していたのに、また悩みの種が……」

こめかみを押さえながら、女将がため息をつく。横にいる小峰さんも困り顔だ。

「何かあったんですか？」

私が声をかけると、小峰さんが眉をひそめて頷いた。

「……早番の従業員の私物が無くなっていると報告があったんです。今の今まで探していたんですが、見つからなくて」

「ええ……？　またですか」

思わず沢井さんと顔を見合わせる。以前にもこんなことがあったけれど、最近はなかったのですっかり安心していた。

「とにかく、これ以上被害が増えないように、それぞれが管理や確認を徹底しましょう」

女将（おかみ）の声に、この場で休憩を取っていた従業員が「はい」と声を上げた。

――確かに不安ではあるけれど、あまり気にしすぎて仕事に支障がでてはいけないもんね。

今は気持ちを切り替えよう、と私は仕事に戻ることにした。

だけどこの出来事はこれだけでは終わらなかった。

「またですか……？」

朝礼の際、女将（おかみ）からまた従業員の私物が無くなったと聞き、私は心配になる。

「そうなのよ。もう、どうなっているのかしら……」

さすがの女将（おかみ）もこれには困惑の表情を隠せないようだ。周囲の従業員の表情も暗く、みんなの不安は日々増大しているようだった。

明らかに店の中の雰囲気もよくない方へ傾きつつあるそんな中、事件が起こった。

「女将、ちょっと……!!」

ある日のランチタイム終了後。ある接客係が血相を変えて女将のもとへ飛んできた。女将はその女性の話を聞くや否や、それまでは穏やかだった表情を一変させる。

「……なんですって？」

しばらくの間その女性と話をしていた女将は、話を終えると今いる従業員を事務所に集めた。

「残念な報告ですが、また従業員の私物が無くなったそうです。皆さん何か心当たりはありませんか？」

ざわ、と場がどよめく。そんな中、従業員の一人が女将に質問をする。

「なくなった物はなんですか？」

「バッグの中に入れていた私物だそうです。持ち主はうっかりロッカーに鍵をかけるのを忘れてしまったそうなのです。皆さん、ロッカーには必ず鍵をかけるように。いいですね？」

それを聞いた途端、みんなの顔がさらに険しくなり、それぞれがひそひそと話し出す。

「バッグって……もうそれ、コソ泥じゃない」

「一体誰が……」

「ロッカーの近くで作業していた人が怪しいんじゃないの？」

誰かが言った言葉にみんなが反応し、辺りはシーンと静まりかえる。それを聞いていた私もロッカーの近くで作業をしていた人を思い出そうとする。だけど……

――あれ？　ロッカーの近くで作業していたのって、私……？

確かに今日、事務所の奥にあるロッカールームの掃除をしたのは私だ。その後は事務所で作業をしていて、たまに商品部に行ったりお手洗いに行ったりする以外はそこにいた。

同じことに気がついたのか、数人の従業員と目が合う。

「あの。私ではありません」

この場にいる人達にはっきりとそう言った。だけど、みんな私と目が合うと途端に逸らしたり、顔を伏せてしまう。

――ええ、信じてくれないの……？

私の胸にモヤモヤが立ちこめ始めた時、強い口調の女将の声が飛んできた。

「玲香さんがそんなことしてなんのメリットがあるっていうんです。彼女ではありませんよ」

「お義母様……」

それを受けて、数名の従業員が「そうですよね」と納得してくれ、さっきまでの嫌な空気が少し和らいだ。だけど中にはまだ、解せないとばかりにちらちら私を見ている人もいて、なんとも微妙な雰囲気になる。

そこで私は、撫子さんに言われた、橋野さんが近々何かしてくる、という言葉を思い出した。

――まさか、ね……

信じたくはないけど、絶対に無いとは言い切れない。不安な気持ちのまま仕事を終えた私は、どうしようか悩んだけれど、知廣さんに相談することにした。

私が昼間起きたことと一緒に今お店で起こっていることを話すと、電話の向こうの知廣さんはため息まじりに『そうか……』と呟いた。

『俺も母も、君がするわけがないとわかっている。だけど、他はそうとは限らない。玲香、充分に用心するんだよ。いいね』

「はい」

しかしその翌日、出勤するとちょうど事務所にいた橋野さんとバッタリ遭遇してしまう。

「あら……若女将。おはようございます」

わざとらしく目を細めながら挨拶をする橋野さんに、私は意識しないよう普通に挨拶をした。

「おはようございます」

挨拶をしてそのまま準備を始めようと思っていたら、橋野さんが大きな声で話し始める。

「また物がなくなったんですってね。ああ……そういえば、こんなことが起きるようになったのは若女将が復帰してからじゃないかしら？」

橋野さんの言葉に事務所にいた人達がざわめく。

周囲からの視線を感じながら、私は橋野さんに毅然として向き合う。

「私じゃありません。変なことを言うのはやめてください」

「……ふん」

私を睨みつけてから、わざとらしく顔を逸らし橋野さんは事務所を出て行く。

――まいったなー、せっかく雰囲気が良くなってきたのに、これじゃまた……

頭を抱えたい心境の私の横で、滝沢さんと沢井さんが声を荒らげた。

「なんなんです!?　あの態度!!　いくらなんでもひどいですよ、証拠もないのに!!」

滝沢さんが苛つきながら吐き出すと、隣にいた沢井さんも同調するように大きく頷く。

「ほんとですよ。若女将に疑惑の目を向けようとしてるのが見え見えです！　その前に、なんとか犯人を見つけ出さないと！」

「そうですよね！　犯人見つけましょう！」

意気投合した二人を見つめながら、私はおずおずともの申す。

「あの、お二人とも……お気持ちは嬉しいのですが、危ないことはしないでくださいね……」

だけど二人が真剣に何かを相談し始めたその時、何かを思い出したように沢井さんがこの場を離れ、すぐにノートを手に戻ってきた。

「これ。以前私が疑われた時、仲居頭に言われて作ったものなんですけど……物がなくなったら、その詳細を記録するよう指示されていたんです」

沢井さんはノートを広げて私達に見せてくれた。

そこに記載されている情報によると、物がなくなったのは大体週末などのお客様が多い日。時間帯はバラバラだったけど、気づいた時から逆算して、犯行は大体夕方以降だと思われた。

これを見ると、忙しい曜日の時間帯が狙われていることから、内部事情に詳しい人物、すなわち従業員の犯行かもしれないと思った。

「でも、以前は夕方以降の忙しい時間帯が狙われていたのに、今回はなぜか必ず昼間に起こっているんですよね……」

沢井さんの言葉に、滝沢さんが頷く。

「そうなんですよね……ん？　あれ……今回のって……いつも玲香さんが出ている日に起きていない……？」

滝沢さんに言われて、私と沢井さんがノートを覗き込む。彼女の指摘どおり確かに物がなくなった日はどれも私が早番で出勤している日だった。

「……あ、ほんとだ」

私がこう言うと、沢井さんも「そうですね」と頷いた。

こんなに見事に重なることってあるのかしら、と不思議に思っていると、ずっと黙り込んでいた滝沢さんが口を開く。

「これってもしかして、わざと玲香さんがいる時に事件を起こして、罪をなすりつけようとしてるんじゃないでしょうか……」

「そんな、まさか……」

とは言ったものの、さっきの橋野さんの言動を思い返すと、否定しきれない。

ここにいる三人が無言で考え込む。ややあってから沢井さんが何か思いついたように「そうだ」と声を上げた。

「私、明日遅番だから、早めに来て事務所に張り込んでみようと思います」

「え、張り込み……ですか？」

沢井さんの発案に驚いて聞き返すと、彼女は周囲を窺いながら小さく「はい」と言った。

「さすがに現場を押さえれば言い逃れできないと思うから」

「それ、私もご一緒していいですか？」

私がこう言った途端二人とも「えっ」と言って目を丸くした。

「わ……若女将が!?　でもそんなことしたら女将が心配しません？　専務も……」

「いえ、怪我はもう全然大丈夫なので！　それにもし犯人と遭遇した時に沢井さん一人で何かあったら大変ですから……微力ながら、助太刀いたします」

にこっと微笑むと、最初は驚いていた沢井さんだったがすぐに笑顔になる。

「若女将、ありがとうございます……!!　とっても心強いです！」

「私もシフトが合えばご一緒します！　みんなで犯人捕まえましょう！」

滝沢さんもそう言ってくれたので、私達は休憩時間を使って詳細を詰め、事務所に張り込む予定を立てた。一応、おおひなたの責任者であるお義母様にだけ事前に張り込むことを伝える。当然のことながら、最初はいい顔をされなかった。

『女性だけなんて危ないからいけません!!　もっと他にいるでしょう、男性とか……』

『大丈夫です。もし犯人が来ても向かっていったりしません。それに、何かあれば、すぐに連絡します』

腕を組み考え込んでいたお義母様は、ややして観念したようにため息をついた。

『……わかりました。でも本当に犯人を捕まえようとは思わないでちょうだい。顔を確かめるだけですからね？　いいわね!?』

こんなこと知廣が知ったら何言われるか……とぶつぶつ言いながら、張り込みを許可してくれたお義母様に感謝だ。

――だけど……お義母様が言うように、このことを知廣さんが知ったら……めちゃくちゃ怒られそうだ。どちらかというと、犯人に遭遇するよりそっちの方が怖い。

翌日。私達は前日に話し合った手筈どおり事務所の奥にある休憩室で息を殺し、交代で待機すること二時間余り。しかしこの日犯人は現れなかった。

「来ませんでしたね……もしかして張り込んでいることがバレたんでしょうか……」

沢井さんがうーんと眉根を寄せる。

私は沢井さんの肩をポンポンと叩き、彼女に微笑みかける。

「まあまあ。まだ一日目ですし。気負わず続けましょう」

ちょうど明日も遅番でシフトに入っていた私と沢井さんは、上手く他の従業員の目をかわしつつ交代で事務所に張り込んだ。けれど、ぱったりと犯人は現れない。

半ば諦め気味の張り込み三日目。

今日も私達は事務所に潜んでいた。ちなみに滝沢さんはといえば、昨日から熱を出して病欠。仕事の後に無理をさせてしまったのではないかと罪悪感に襲われた。

「……来ますかね……？」

そろそろ交代しようかと沢井さんに声をかけると、彼女が不安そうに呟いた。

「どうでしょうか……」

「まあ、被害がないならその方がいいんですけど……」

そう沢井さんが話したところで、事務所の向こうから微かな靴音が聞こえてきた。

「……今」

「はい、私も聞こえました。沢井さんも？」

彼女が神妙な顔でこっくりと頷く。

慌てて二人で休憩室に隠れ息を潜めて見てると、事務所のドアが静かに開いた。フードを目深に被った人影が、ロッカーをガチャガチャと開けようとしている。しかし鍵がかかっていたため、諦めた人影は棚や机の引き出しを開け、その中をごそごそと漁り出す。そしてその人影は引き出しの中から何かを取り出すと、自分のズボンのポケットに入れた。

――間違いない、犯人だ。

確信した私は、沢井さんと目で合図をして、その人物が私達に背を向けているのを確認してから、忍び足で休憩室を出る。

私達に気づくことなく、引き出しの中を漁り続けているその人物に、私は思い切って声をかけた。

「そこで何をしてるんです？」

「うわっ!?」

いきなり話しかけられて驚いたのか、犯人が勢いよく振り返る。その顔に、私も沢井さんも見覚えがあった。

「あ……!?　あなた、調理場でバイトしてる……確か、吉本さん!?」

先に声を上げたのは沢井さんだった。吉本さんというのはこの店の調理場でアルバイトをしている若い男性で、確か年齢は私より若い二十一歳だったと思う。

「……吉本さん、ここで一体何をしているんですか……？」

私がもう一度尋ねると、私達の顔を交互に見て固まっていた吉本さんは、明らかに動揺しながら口を開いた。

「ちょっと私物を落としたみたいで……取りに……」

その言葉に、沢井さんが怪訝そうな顔をする。

「落とし物ってなんなんです？　あなた今、引き出しの中のものをポケットに入れましたよね？」

「い、いや……知らない」

そう言う吉本さんのズボンのポケットは、不自然な形に膨らんでいる。

沢井さんと私は机の引き出しを開け中を確認する。と、そこに入っていたはずの私の時計がなくなっていた。

――やっぱり……！

私と沢井さんは視線を交わし、お互い小さく頷く。

「吉本さん。すみませんが最近色々あるので、念のためポケットの中を確認させてもらいたいんですけど。見せてくれませんか？」

沢井さんが警戒しながらやんわりと吉本さんにお願いをする。一瞬表情を強張らせた吉本さんは、いきなり出入り口を背に立っていた沢井さんに向かって走り出した。

私は咄嗟に、近くに立て掛けてあったフロアモップを掴み、吉本さんの前に突き出す。

「は⁉」

いきなり目の前に現れたモップの柄に、吉本さんは慌てて足を止める。

「おとなしくしてください‼」

私が強い口調で彼に警告すると、吉本さんだけでなく沢井さんも私を見て固まった。

「……わ、若女将……？」

私がそうした行動に出たことが相当意外だったらしい。

――確かに、モップは……見た目があまりよろしくないかも……

けど、ちょうどいい長さのものがこれしかなかったのだ。致し方ない。

――従業員を守るのも若女将の務め……ですよね？　お義母様。

私は改めて吉本さんに向き直り、モップを中段で構える。

「吉本さん。少しお話を聞かせてもらってもいいですか？　沢井さん、女将に連絡をお願いします」

モップを構えながら二人に指示を出すと、それまで足を止めていた吉本さんがいきなり声を上げる。

「お……俺じゃない!!　俺は何も知らない!!」

そう言いながらモップの柄を避けて逃げようとしたので、再び彼の行く手を阻むようにモップの柄を突き出した。

逃げようとする吉本さんと、それを阻止しようとする私との攻防がしばらく続く。しかも騒ぎに気がついた他の従業員も何名か事務所に駆けつけ私達を見て目を丸くし、場は騒然となった。

いつまでこれが続くのかと思い始めた頃、業を煮やした吉本さんが、私に向かって突進してきた。

「このっ……」

「っ!!」

モップを奪おうと伸ばされた彼の手を、後ろに下がりつつ柄（え）で叩き落とす。顔をしかめて手を引いた吉本さんは、苛ついたように唇を噛んだ。

「くそっ……!!」

そう言うなり、彼は素早く向きを変えて事務所から飛び出していく。

——しまった!

「待って!!」

急いで彼を追いかけて廊下に出ると、逃げた先からドスン、という何かが床に叩きつけられるような音が聞こえてきた。

「何、今の音……?」

不思議に思って廊下の先に視線をやると、驚きの光景が目に飛び込んでくる。

「えっ……!?」

床に倒れた吉本さんの上に跨（また）がり、背中で両腕をクロスさせ完全に動きを封じているのは知廣さんだった。

「知廣さ……」

「すみません、こっち頼みます」

彼が涼しい顔で声をかけると、バタバタと数名の警備員と、お義母（かあ）様がやって来る。

呆然と眺める私と沢井さんの前で、警備員がテキパキと吉本さんの身柄を拘束した。

大きな音で騒ぎに気づいた人達が徐々に周囲に集まりだし、この状況を窺(うかが)っている中、吉本さんが警備員にこの場から連れ出される。

それを見届けた知廣さんが、こちらに向かって歩いて来る。

――出張中の彼がなんでここにいるのだろう。

「知廣さん、出張は？　どうしてここに……」

久しぶりに会う彼に笑顔で話しかけた瞬間、大きな雷が落ちた。

「君はバカなのかっ!?」

私の言葉を遮(さえぎ)った知廣さんの表情からは一切の笑みが消え、眼差しは氷のように冷たい。

息を呑んで彼を見上げると、いきなり強い力で抱き締められた。

「なんて危ない真似をするんだ……！　もし何かあったらどうする!?」

「知廣さん……」

微かに震える彼の体から、私を気遣う気持ちが伝わってくる。

吉本さんはたまたま刃物などの凶器を持っていなかっただけで、そうじゃないケースだって考えられたのだ。もし彼が凶器を持っていたら、きっとモップでは太刀(たち)打ちできなかった。

そのことに思い至り、知廣さんに対して申し訳ない気持ちでいっぱいになる。

「心配をかけて、ごめんなさい……」

ずっと眉根を寄せて私を見つめていた知廣さんは、大きく息を吐き出すとようやく表情を緩めた。

「まったく……予定を早めて帰宅したら、君が店で張り込みをしてるって母から聞いて……肝が冷えたよ。慌てて飛んできて正解だった」

「ほ、本当に、ごめんなさ……」

知廣さんに謝ろうと頭を下げたところで、横から大きな声が飛んできた。

「専務！　ごめんなさいっ、私がいけないんです!!　若女将は悪くありません」

それまで呆然と私達のやり取りを見ていた沢井さんが私の横に並ぶ。そして、知廣さんに向かって思い切り頭を下げた。

「そもそもお店に張り込もうって提案したのは私なんです！　若女将はそれに付き合ってくれて……それに、私を吉本さんから守ってくれたんです!!　だから、若女将を怒らないであげてください……!!」

必死に私をかばってくれようとしてくれる沢井さん。だけど……私はそれどころじゃなかった。

なぜなら知廣さんがさっきからピクリとも動かない。ついでに隣にやってきたお義母様も……。二人揃って、表情を強張らせたまま固まっている。

「さ、沢井さん……！」

慌てて沢井さんの言葉を止めて知廣さんを見ると、彼は唖然とした表情をしていた。

――ああっ、これは絶対、呆れられてる……!!

「……沢井さんを守った……？　玲香が？」

小さく呟いた知廣さんに、沢井さんが力強く同意する。

「はい。モップを華麗に操って吉本さんの動きを止めたんです。かっこよかったです!!」

何かを思い出して興奮気味に話す沢井さん。そんな彼女とは打って変わって、どんどん表情が険しくなる知廣さんに私は冷や汗が噴き出そうになる。

「モップを操って……？」

こちらを向いた知廣さんの顔に、はっきりと理解できない、と書いてある。それはもうわかりやすく。

「さ、沢井さん、その話はもう終了でお願いしますっ!!」

――これは……どう考えてもマズい流れだぞ……

私は沢井さんに声をかけた後、恐る恐る知廣さんの方を向く。

「あ、あの……知廣さん……？」

どうにも嫌な予感がして体を縮（ちぢ）こませていたら、予感は的中。知廣さんとお義母（かあ）様がすごい形相で私に詰め寄るや否や、同時に一喝された。

「一体、何を考えてるんだ!?　君は本当にバカだったのかっ!?」

「玲香さん!!　危ないことはするなと言ったでしょう!!」

――キャーー!!

「ごっ……ごめんなさいっ!!」

ズドン、と切れ味鋭い稲妻のような怒号がダブルで廊下に響き渡る。

その瞬間、それまで野次馬よろしく周囲に群がっていた接客係達が、蜘蛛の子を散らすようにこの場から去って行く。

いつになくお怒りモードの知廣さんとお義母様に、とばっちりを受けた沢井さんは震え上がり石みたいに固まってしまう。

私は脊髄反射と言っていいスピードで彼らに頭を下げ続けた。だが、そう簡単に二人の怒りは治まってくれない。

「張り込みだって許しがたいのに、なぜ君が直接犯人と対峙しているんだ!!　そんな危ないこと二度としてはいけない!!」

知廣さんに怒鳴られるという初めての経験に、私は必死に頭を下げまくった。

「はいっ、ごめんなさい。もう二度といたしませんっ!!」

また、知廣さんの横で盛大なため息をついたお義母様にも大目玉を食らう。

「まったくですよ、何もなかったからよかったようなものの……今後一切、このようなことは許しませんからね。いいですね!?」

「はいっ、もちろんです!!　本当に申し訳ありませんでしたっ……!!」

……こんな状況で不謹慎かもしれないけど、いつも冷静な知廣さんがここまで怒りを露わにしたのは初めてのことだ。

だからだろうか……めちゃくちゃ怒られているのがなんだか嬉しくて、体の底からゾクゾクしてたまらなかった。

――なんて、こんなこと知廣さんに言ったらもっと大きな雷が落ちそうだ……

このことは胸に秘めて一生言わないでおこう。そう心に決める私なのだった。

しばらくして、知廣さんはこめかみの辺りを押さえつつ、大きく息を吐き出した。

「――ごめん。つい感情的になってしまった。君は怖い思いをしたばかりなのに、申し訳ない」

「い……いえ、私がいけなかったんですし。心配してくださってありがとうございました」

お礼を言うと、知廣さんはようやくいつもの優しい笑みを見せてくれた。

ちなみにお義母様は、しばらくしてこそっと私の耳元で囁いてくる。

「でも、若女将として沢井を守ったことは素晴らしいわ。よくやりましたね」

まさかそんなことを言ってもらえるとは思わなかったので、ものすごく驚いた。

「お、お義母様っ……!!　あ……んぐっ」

お礼を言おうと思った口を、ものすごい勢いで塞がれた。

——お義母様……なぜ……!!

驚いた視線を向けると、お義母様が真剣な顔で小さく首を振る。

「しっ!!　知廣に聞かれたらどうするの!!」

ぐっと声を潜めて眉を寄せるお義母様を見て、私は大日向家の中における知廣さんの立ち位置を悟ったのだった。


その日の仕事が終わった後、警備員に連れられて事務所にやって来た吉本さんと再び対面した。

お義母様は、犯人がアルバイト従業員の吉本さんだったことに驚いていたが、すぐに女将の顔でなぜこんなことをしたのか問いただす。

「……最初は、ほんの出来心でした。生活の足しにと思って備品を盗み始めて……」

吉本さんは申し訳なさそうに項垂れながら、ぽつりぽつりとこれまでのことを語り出す。

トイレットペーパーやティッシュ、タオルなどを盗み始めた吉本さんは、気づかれなかったことにどんどん味を占め、しまいにはお客様用の飲み物まで盗んでいたという。

だけど、店で盗みのことが騒がれるようになってきたのをきっかけに、最後のつもりで盗みを働いた吉本さん。だが、逃げるところを偶然橋野さんに見られてしまったのだという。


「橋野さん……？」

女将が怪訝そうに声を上げると、それに対して吉本さんが悄然と頷く。

「もう終わったと思いました。次の日には絶対みんなにバラされていると思ったら、怖くて……。でもいざ出勤してみたら誰も何も言ってこない。だから見られていなかったんだとホッとしました」

橋野さんからは特に呼び出されることも無かったので、吉本さんは安心しきっていた。ところがつい先日、突然橋野さんから声をかけられ、盗みを働いていたところを見たと言われたのだという。

『クビや弁償で済めばいいけど。最悪警察沙汰よねえ？』

警察という言葉を持ち出されると、どんどん考えが悪い方へ転がっていく。青ざめた吉本さんは、思わず橋野さんにすがりついた。

『頼むから、黙っていてくれませんか……!!　盗んだ物は返しますから……!!』

しかし橋野さんの反応は意外なもので、黙っている代わりにある提案をされたそうだ。

『昼間に、事務所にある物を適当に盗んでよ』

驚いてそんなことはもうできないと吉本さんは断ったそうだ。しかし、橋野さんは笑って彼に言ったらしい。

『大丈夫。盗んだのは若女将ってことにするから。いい？　狙うのは必ず彼女が事務所で仕事をしている日の昼間よ』

言うことを聞かないなら備品泥棒の件を女将にバラすと脅され、吉本さんは橋野さんの言うとおりにするしかなかったのだという。

思い出しながら話している最中、吉本さんは小さく震えていた。

「本当に、申し訳ありませんでした……!!」

そう言って、その場に土下座して謝る吉本さん。

彼の話を聞き終えたお義母様は、眉間に深い皺を寄せため息をつく。

「備品の件はともかく、改めて明日、橋野さんに話を聞いた方がよさそうね」

お義母様の意見にずっと黙っていた知廣さんが静かに頷く。

「……そうですね。そろそろあの方にも、身の程をわきまえてもらいましょうか」

感情の窺えない言葉を口にして吉本さんを見下ろす知廣さん。その目は、これまで見たことがないほど冷たかった。

そして翌日。

店が始まる前に橋野さんに来てもらい、昨夜のメンバーに小峰さんと滝沢さんを加え、橋野さんに事情を聞くことになった。

まだ従業員もまばらな事務所の中で、お義母様の口から昨夜起きた出来事が橋野さんに伝えられる。

どんな反応をするのかと、この場にいる者がじっと彼女に注目した。

橋野さんは一瞬表情を強張らせたけど、すぐに強気な態度に出る。

「私は何も知りません。きっと吉本が罪を逃れようとして、私の名前を出したんじゃないですか？　ほんと、自分のしたことを棚に上げて……こっちはとばっちりもいいところです」

苛立ちを抑えきれない様子で吉本さんを非難する橋野さんに、黙って話を聞いていた知廣さんが問いかけた。

「では、玲香に罪を着せようとした事実は無いと？」

知廣さんの冷たい視線に怯むことなく、橋野さんは大きく頷いた。

「もちろんです。ただ……」

「ただ？」

橋野さんの含みのある言葉に、知廣さんの視線が鋭くなる。それに気づかない橋野さんは、知廣さんの視線が自分にあるのを確認して、チラッと私を見てきた。

「窃盗犯と疑われたり、従業員と上手く付き合うこともできないような人が、今後若女将としてやっていけるんでしょうか。そちらの方が心配です。はっきり言って、玲香さんにこの仕事は向いていないんじゃないかしら」

これには、さすがの私も黙っていられない。つい勢いで橋野さんと知廣さんの会話に割り込んだ。

「私は、窃盗なんてしていません！　確かに私には、まだまだ至らないところがありますけど、だからって、この仕事が向いていないとは限りません。若女将の仕事だって、これからもっともっと努力していきます！」

彼女と対峙しはっきり伝えると、キッと睨みつけられる。

「いくら努力したって適性ってものがあるんですよ。若いだけのあなたに、この店の誰がついていくと思います？　いい加減身の程を知ったらどうですか、知廣さんにはもっと相応しい人間が……」

「黙れ」

橋野さんの言葉を問答無用で黙らせる、低く鋭い声が事務所内に響いた。

これまで聞いたことのない彼の声に、この場にいるみんなが息を呑んで知廣さんを見る。

「随分と好き勝手なことを言っていますが、あなたは、なぜ自分がこの場に呼ばれたか、まったくわかっていないらしい」

橋野さんに氷のような視線を向ける知廣さんに、彼女は狼狽えながらも言い募る。

「なっ……、そんな、だから私は何も知らないと……」

「自分のしたことを棚に上げて——とは、よく言えたものですね。……あなたがお仲間に、玲香を犯人に仕立て上げると話していたことは、すでに裏が取れていますよ。そして、あなたがこれまで玲香にしてきた嫌がらせの数々も」

「……そ、それは……」

知廣さんの静かなブリザードをまともに受けて、橋野さんが青くなって口ごもる。

一見すると、ただ冷静に淡々と話しているようにも見える。だけど知廣さんの目は笑っていない。

いつになくピリピリとした雰囲気に、この場にいる全員が緊張して身動き一つできないでいた。

「そもそも、ただの一従業員でしかないあなたに、若女将を認めないなどと言う権利はありません。そんなに彼女が気に入らないと言うなら、あなたが出て行けばいいでしょう」

その瞬間、事務所の空気が凍ったような気がした。

橋野さんも驚きを隠せない様子で目を見開いている。だけどすぐにその表情が、驚きから怒りに変わった。

「ひどいっ……!!　私がこれまでずっとおおひなたに尽くしてきたのは、全部知廣さんのためなのに!!」

その言葉を聞き、知廣さんの表情がさらに冷たくなる。

「あなたにそんなことを頼んだ覚えはありません」

ばっさり突き放されて、橋野さんの顔に焦りが浮かぶ。

「どう考えても玲香さんより私の方が仕事ができるのに……!!」

納得いかない。そんな様子の橋野さんが知廣さんにすがりつく。だけど彼は彼女の腕を無表情で振り払った。

「仕事ができるのは当然でしょう。十年以上勤務して仕事ができないような者など、おおひなたにはいりません」

知廣さんの雰囲気が徐々に黒く重くなっているのに橋野さんは気づいていない。滝沢さん達を見ると、青くなって知廣さんから微妙に目を逸らしていた。

「私は知廣さんをずっとお慕いしてきました！　玲香さんなんかより、私の方が知廣さんの妻としてもおおひなたの嫁としても相応しいし上手くやれると思います!!」

その瞬間、かろうじて無表情を保っていた知廣さんの顔に、はっきり呆れと侮蔑の色が浮かんだ。

「……何か勘違いをしているようだが、俺はあなたを恋愛対象として見たことなど一度として無い。その根拠のない自信は一体どこから来ているのか、ぜひ教えていただきたいものだな」

「なっ……」

がらっと口調を変え蔑みの視線を向けられた橋野さんが、みるみる青ざめていく。

橋野さんだけではない。この場にいる者がみんな、豹変した知廣さんに圧倒され言葉を失っている。

「日本舞踊に着付け、生け花に茶道や書道。あなたが劣ると言った玲香は、これらを一通り嗜んでいる。しかもほぼ免状持ちだ。着物の着こなしや身のこなしも、あなたとは別格だ」

知廣さんにこう言われて、橋野さんが驚いたように私を見る。

そんな彼女を一瞥してから、知廣さんが話を続けた。

「仕事ができないとあなたは言う。しかし、玲香は一度言われたことは次にはできている。それに一度会った人間のことも忘れない。そんな人のことを仕事ができない、とは普通言わないだろう？」

「そ、それは……」

知廣さんに畳みかけられて、橋野さんが返す言葉に詰まる。

「何より俺にとって玲香は、一緒にいると気持ちが和み、一日の疲れを忘れさせてくれる癒しの存在だ。それに比べてあなたはどうだ。こんな騒ぎを起こし、無実の彼女を陥れようとした。挙げ句の果てに全てが明らかになってなお自分の非を認めようとしない。そんな卑しい心を持つあなたを俺が選ぶことなど一生ない‼」

一段と険しい表情の知廣さんに断言された橋野さんは、反論もできず呆然とする。

「……わ、わかりました……私が出て行けばいいんでしょう……」

震えながら、そう口にするのが精一杯、といった橋野さんに知廣さんが畳みかける。

「そうか。ではその前に、玲香への謝罪をしてもらおうか？」

「えっ？」

その言葉に私が驚いて知廣さんと橋野さんを交互に見る。

橋野さんは口惜しそうに唇を噛んでいたけど、観念したようにゆっくりと私の方へ向き直った。

「玲香さん……これまでのこと、本当に申し訳ありませんでしたっ……」

深々と頭を下げて謝罪され、恐縮してしまう。

「あ、はい……私は……別に……」

そんなに気にしていません、と言おうとしたら知廣さんに止められた。彼は見た者が凍りつきそうな視線で橋野さんを睨みつけた。

「玲香が許しても、俺はあなたを許さない。そのことをよく覚えておけ」

ダメ押しとばかりに知廣さんから拒絶され、橋野さんは呆然とその場に立ち尽くしてしまう。

ここでずっと静観していたお義母様から「そこまでにしなさい」と、鶴の一声が飛んだ。

「橋野さんと吉本さんの処分については、こちらで決めさせていただきます。いいわね？」

お義母様がじろりと橋野さんを睨みつける。知廣さんの絶対零度のブリザードを浴びまくった彼女には、すでにさっきまでの自信に満ちた様子は欠片も見られない。

「わかり……ました……」

抜け殻みたいになった橋野さんが頷いたことで、この場はお開きとなった。

お義母様と橋野さんを残して、私達は事務所を出る。

お昼のランチ営業に向けて、気持ちを切り替えながらそれぞれの分担場所に移動した。

休憩時間になり、私と沢井さんと滝沢さんは事務所でお茶を飲んでいた。他の従業員はまだ来ておらず、休憩スペースには三人だけだ。

一息ついた私達の話題は、やっぱり朝の出来事について。

橋野さん達の処分に関しては、先ほどお義母様から内々に知らされていた。

紛失した物のうち、返せる物は返すと約束した上で、警察沙汰にはしないことにしたそうだ。吉本さんと橋野さんには懲戒解雇という処分が下されるらしい。

「それにしても、知廣さんのあの豹変ぶりは半端なかったですねー。私が言われているわけでもないのに背筋が凍りましたもん。あんなのを間近で、しかも自分に向かって言われたらたまったもんじゃないわ～。絶対に心が折れるでしょ」

滝沢さんは今朝のことを思い出したのか、青い顔で両腕をさすっている。

「張り込みの時にも玲香さんを叱ってたので、そういった面もあるのは知っていましたが、今日はすごくおっかなかったですね……。きっと、それだけ橋野さんのしたことが許せなかったのかも。玲香さんは知廣さんのああいう面はご存じだったんですか?」

沢井さんに聞かれ、私はいえ……と首を振る。

「知りませんでした、けど……」

いつもは誰に対しても穏やかで、当たり障りない知廣さん。だけどそんな彼がたまに見せる意地悪な一面。それもまた、彼の魅力の一つなのだ。

さすがに今日の彼はちょっと驚いたけど、そこまでおっかなくはなかったかな……私からすればちょうどいいくらい、程よくSって感じで。

「かっこよかったな……知廣さん。また惚れ直しちゃいました……」

冷たい笑みを浮かべて橋野さんを追い詰めていく知廣さんを思い出してうっとりして

いると、沢井さんと滝沢さんに、はは……と苦笑いされる。

「あんなおっかない姿で惚れ直すなんて、玲香さん大物すぎる」

滝沢さんの呟きに、沢井さんも大きく頷く。

「本当に。ある意味とてもお似合いの二人なのかもしれませんね」

「えっ、お似合い……？　そ、そうですか⁉　嬉しいっ」

お似合いと言われて、ついつい顔が笑ってしまう。そんな私を見て、滝沢さんと沢井さんの二人も可笑しそうに笑っていた。


その日の夜、仕事を終えた私と知廣さんは、久しぶりに二階のリビングでお茶を飲みながらのんびりしていた。

「橋野さん、残念でしたね。吉本さんも……」

私から昼間の出来事を知廣さんに振ると、彼はお茶をテーブルに置き、ソファーの背にもたれた。

「吉本はともかく、橋野は君に理不尽に辛く当たり、怪我をさせた。その挙げ句、罪をなすりつけようとしたんだぞ。今回の処分は当然だと思っている」

「そう、ですか……」

特に表情を変えない知廣さんに、私は思いきって聞いてみる。

「知廣さんは、橋野さんの好意に気づいていたんですか？」

知廣さんはチラッと私を見た後、テーブルの上の湯呑みに手を伸ばす。

「まあ。あれだけわかりやすくすり寄ってこられれば、嫌でも気づく」

「あんなに色っぽい方に、気持ちが動いたりしなかったんですか？」

「動くわけがない。そもそもああいったタイプは好きじゃない」

イヤそうに眉根を寄せた知廣さんに、自分で聞いておいてホッとする。

「よかった……」

胸を撫で下ろしていると、知廣さんに笑われてしまった。

「何ホッとしてるんだ。君はこの期（ご）に及んでまだ俺の愛が信じられない？」

「だって……知廣さんはすごくモテてたって聞いたから……。どんなに信じていても、やっぱり心のどこかで、色っぽい女性に誘惑されたら心が動いてしまうんじゃって……」

もじもじしながら正直な気持ちを白状すると、知廣さんは「ないない」と言って首を横に振った。

「悪いけど、他の女性に目移りできるほど、君を想う気持ち以外に余裕がないのでね。浮気の心配は無用だよ」

「本当に……？」

思わず真剣に尋ねてしまうと、知廣さんがニヤリとする。

「玲香が思っているよりもずっと、君のことが好きでたまらないんだよ、俺は」

そう言って微笑む知廣さんを目の当たりにして、私の胸が大きく跳ねた。それはもう本当に「きゅん」というときめきの音が聞こえてきそうなほど、大きく。

「ち……知廣さん!!」

嬉しさのあまり、私は隣にいる彼に抱きついた。

「はは。どうしたんだ、いきなり」

「大好き……!!」

「うん」

知廣さんの手が私の背中を優しく撫でてくれる。なんだかとってもいいムードな私達。

――もしかしたら久しぶりに……

と私が淡い期待を抱き始めた時、いきなり知廣さんが笑い出した。

「……知廣さん？　一体どうしたんですか……？」

可笑しそうにお腹を押さえる知廣さんに、ぽかんとする。せっかくのムードが台無しだ。

「いや、ごめん。窃盗犯に立ち向かう勇気はあるのに、そんな小さなことで悩むんだなと思ったら、なんだか可笑しくなってしまった」

知廣さんがまた笑い出すので、私はどういうリアクションをしていいものか困ってしまう。

「だって、それとこれとは違うっていうか……。それに私、高校と大学で薙刀（なぎなた）をやっていたからモップを見たら自然と体が動いてしまったんです……」

　さすがに、何の心得もなしに、犯人へ応戦しようとは思わない。

　すると何かに納得した様子で、知廣さんが何度か頷いた。

「見合いの時にもらった釣書にそう書いてあったな」

「……知廣さん、よく覚えてますね？」

「相当目を通したから」

　当たり前だ、と言わんばかりに、知廣さんが口の端を上げる。

「でもこんな危険なことを二度とさせないためにも、柄（え）の長いものは君の目の届かない場所に移さなければ」

「……いくらなんでもあれだけ怒られたら、もうやろうとは思いません」

　気まずくなって目を伏せると、知廣さんの口から「意外だな」という言葉が出た。

「君は厳しくされると喜ぶとばかり思っていたから、叱ったのは逆効果だったと後悔していたのだが」

「――――えっ⁉」

　聞き捨てならない台詞（せりふ）に反応し、彼を見つめる。そんな私が可笑（おか）しいのか、知廣さんはニヤニヤしながら「だろ?」と小首を傾げてきた。

　さすがにこれには動揺せざるを得ない。

「～～～っ、えっと、それはっ……」

「隠さなくていい。だって君、俺がちょっと意地悪なことを言うとめちゃくちゃ嬉しそうな顔をしてるしな」

　目が泳いでしまう私に、知廣さんがズバリと言ってのけた。

　これはもう……全部お見通しってやつなのでしょうか……

　観念した私は、知廣さんから少しだけ体を離してがくんと項垂れる。

「変な女でごめんなさい……」

「どこが?　玲香はいい女だよ」

　クスクス笑いながら、彼が私の腰を強く引き寄せた。

「知廣さん……!!」

　嬉しさのあまり、彼の胸に自分の顔を強く押しつける。

　そして、久しぶりの甘々ムードに乗っかって、私の中から沸々と願望が沸き上がってくる。

　――知廣さんと……イチャイチャしたい!

　知廣さんが出張でいなかったこともあって、このところ全然スキンシップしていない。

久しぶりに彼と……その、したい……なら、今がチャンスかもしれないと思った。

そう思った私は、衝動のまま思った言葉を口にしてしまう。

「知廣さん」

彼の胸から顔を上げ、下からじっと彼を見上げる。

「なんだ？」

「抱いてください！」

元気よくお願いしたら、知廣さんが「ごふっ！」と噴き出した。

「……いきなりだな」

口元を手で拭（ぬぐ）いながら、彼がこちらを見る。

「いきなりじゃないです。ずっと我慢してたんですから。知廣さん不足が、もう限界なんです！」

「君が、そんなに性欲旺盛だったとは……知らなかった」

せいよくおうせい。言葉にするとなんて恥ずかしい……と顔を赤らめる。

「だって……本当はいつだって、もっとくっついたり甘えたりしたいけど、知廣さんはお仕事が忙しいし……だから、こうして一緒にいられる時間は貴重なんです。私、この時間を無駄にしたくないんです！」

私がこう力説している間、知廣さんはニヤニヤしながらこっちを見ていた。

「無駄……にはしていないと思うけどね。俺だって日常的に理性で欲望を抑えこんでいるわけだし」

「え？　……知廣さんも？」

「もちろん。所構わず盛(さか)っていたら、動物と一緒だろう？　だから我慢しているだけ」

じゃあ、知廣さんも私のことを欲しい、と思ってくれているのだろうか。

「知廣さん……私……今すごくあなたのことが欲しいです……」

彼の目を見つめて、今自分が願うことを正直に口に出す。すると知廣さんの目が見開かれた。と思ったらすぐに可笑(おか)しそうに目尻を下げる。

「嬉しいおねだり第二弾か。君は……なんというか、すごいな」

「ごっ、ごめんなさい、はしたないことを……」

「いや全然。むしろそんな風に言ってもらえて感謝しかないな。それに……俺も君のことが欲しいよ。たぶん、君が思っているよりもずっと」

「……本当に？」

期待を込めて尋ねると、知廣さんは優しく微笑んでくれる。

「ああ」

その言葉に安心して、私は知廣さんの胸に顔を埋(うず)める。

――嬉しい……

彼の胸の厚みを感じながらウットリしていると、いきなり知廣さんの手が私の体に回された。何……と思っているうちに、彼の肩に担ぎ上げられてしまう。

「ええっ!?　ち、ちひろさ……」

「俺も君を見習って、自分の欲望に素直になろうと思う」

そう言って、彼は私を肩に担ぎ上げたままソファーから立ち上がり、スタスタと寝室に向かって歩き出す。そして寝室に到着するなり、乱暴に私をベッドに下ろした。

「ひゃっ……」

しかし驚く間もなく、知廣さんがベッドの上に乗り上げ私の体を跨いでくる。いつになく情熱的な眼差しで私を見つめながら、着ていた水色のシャツのボタンを外し始めた。

望んでいたことなのに、この状況にドキドキして口から心臓が飛び出そうだ。

ボタンを外し終えた知廣さんは、素早くシャツを脱ぎ捨てる。私の目の前に現れたのは、何も身につけていない彼の上半身だ。

すでに何度も見ているはずなのに、思わずゴクン、と喉を鳴らしてしまった。

「どうしてほしい？」

ゆっくりと上体を倒して私と体を密着させた知廣さんが、囁きながら私の首筋へ舌を這わせる。

ざらついた舌の感触が首筋から耳の裏側、耳朶、耳の中……へと移動する度に、私の背中がぞわぞわと震えた。

どうしてほしいかなんて、そんなの決まっている。

「いっぱい……触ってほしいです」

「ふっ……わかった」

耳の中に舌を差し込み、くちゅくちゅと音を立てて攻められると、口からは自然と甘い声が漏れ出てしまう。

――だめよ、私……まだ耳だけなのに気持ち良くなってちゃ……

「知廣さん……」

私はすぐ横にある彼の顔に頬をすり寄せ、自ら唇を合わせた。そのまま彼の後頭部に手を回し引き寄せる。

一瞬、私の大胆な行動に驚いていた知廣さんだが、すぐに応えるように深く口づけてくれた。

「ん……っ」

彼の手が私の後頭部を押さえ、差し込んだ舌で激しく口腔を蹂躙してくる。

私も同じように……と思うけど、彼の動きについていくのがやっとだ。

「ふうっ……んっ……」

休む間もなく繰り返される深いキスに、だんだん呼吸が苦しくなってきた。

キスの合間にどうにか息継ぎをしてしのいでいると、彼のもう片方の手が私のカットソーをスカートから引っ張り出す。そこから差し込まれた手が、するするっと肌を撫で上げ背中に到達する。

あっと思った時には、パチンという小さな音と共に胸の締め付けが消えた。次の瞬間、カットソーごと上に着ていたものを頭から引き抜かれた。

肌が空気に触れ、少しだけ緊張で体が縮(ちぢ)こまる。そんな私と顔を見合わせた知廣さんが一瞬フワッと微笑むと、大きな手で私の乳房を覆(おお)った。

「寒い?」

足下にあった布団を引っ張り上げながら、彼が私を気遣ってくれる。

「ううん……知廣さんがあったかいから……」

小さく首を振ると、彼はクスッと笑った。

私の乳房がすっぽりと収まってしまう大きな手で、ゆっくりと円を描くように胸を撫でる。掌(てのひら)で乳房の先端を擦られると、甘い痺(しび)れが体を走り腰がビクッと揺れた。

「ここを……もうこんなに硬くして」

「あっ……」

起ち上がった乳首を指で撫でられる。それだけで下半身が潤(うる)んでしまうほど気持ちがいい。

なのに知廣さんは、さらに乳首を口に含み甘噛みしてくる。

「ひゃ……ああんっ！」

撫でられるのとはまた違った刺激に、たまらず体を捩った。無意識にその刺激から逃れようとする私に構わず、彼は口に含んだ乳首を強く吸い上げる。

「あっ……ん、は……」

さらなる刺激に背中が反ってしまう。自然と知廣さんへ胸を差し出す形になって、彼の愛撫が加速した。片方の胸は大きな手で捏ね回され、もう片方は舌で嬲られる。左右から同時に与えられる刺激が強すぎて、どうにかなってしまいそうだった。

「あっ、あっ……ち、ひろ、さあんっ……」

まだ胸しか弄られていないのに、お腹の奥の方から快感がせり上がってくる。

「あ、ああっ……!!」

なんと私は胸への愛撫だけで絶頂を迎えてしまった。

ビクビクと体を震わせ一気に体から力が抜けてしまった私は、肩で大きく息をする。

「は……あ……」

「玲香がそんなに敏感だったとは知らなかったな」

クスッと、どこか嬉しそうに微笑む知廣さんが、胸を弄っていた手を私のショーツの中に忍ばせる。長い指が迷うことなく蜜口にたどり着き、吸い込まれるように私の中へ入っていった。

「う、んっ……」

彼は胸の先をチロチロと舌先で嬲りつつ、中に入れた指を前後に動かす。その度にクチュ、クチュという恥ずかしい音が聞こえてきて、私の顔に熱が集まっていった。

「あ……んっ、やあ……っ」

胸と下半身を同時に攻められ、湧き上がる快楽に自然と腰が動いてしまうのを止められない。

「もうぐっしょりだ……これならすぐにでも挿れられそうだな」

そう言って長い指をグッと奥まで差し込んだり、指の腹で膣壁を擦ったりしながら、知廣さんが感嘆のため息を漏らす。

その言葉にも反応してしまい、私は彼から顔を背け口元を手で覆った。

「……もう……お願いだから挿れてくださいっ……」

自然とその言葉が口からこぼれ出た。

もっと深く、知廣さんを感じたい。——だから、知廣さんが欲しい。

すると、知廣さんが私を見て片方の眉を上げた。

「今、なんて言ったの、玲香？」

「……っ、だから、もう挿れてください……」

恥ずかしさなどかなぐり捨て、私は彼にお願いをする。その途端、彼の顔に笑みが広がる。

「そうか。玲香はすっかり、おねだりが上手になったね」

口の端を引き上げた知廣さんが、私の中から指を引き抜く。見せつけるように蜜で濡(ぬ)れた指を舌で舐(な)めた彼は、ベルトを外しスラックスに手をかけた。私もそれに倣(なら)って、自分からスカートとショーツを脱ぎ去って、生まれたままの姿になる。

「今日の玲香はえらく積極的だな」

知廣さんは私の体を強く抱き寄せてきた。彼の肌を直(じか)に感じられることがすごく嬉しくて、私は彼にしがみつく。

彼の首筋にちゅっ、と唇を押しつけた。そのまま顎(あご)から唇へと移動させてそっと彼にキスをする。

すると、すぐに知廣さんの唇が私の唇をかぷっと食(は)んだ。それを何度か繰り返した後、深い口づけに変わる。

「ふっ……ん、ん……」

彼がしてくれる甘い口づけに酔って、頭がクラクラした。

幸せ過ぎて、意識がどこか遠くに飛んでいってしまいそうだ。

長いキスを終えた知廣さんが上体を起こし、私の脚に手をかける。その動きを見ていた私は、ふと彼の大きく起立したものに手を伸ばした。

「触ってみる？」

「……い、いいんですか？」

いいよ、と言ってくれた知廣さんは私の体を起こして、自分のそれに私の手を導いてくれた。

「硬い……」

これまで何度も受け入れてきたけど、直に触ったことはなかった。初めて触れた彼の昂りの硬さにおののいてしまう。だけど、なぜかもっと近くで見たい、という欲望が勝り、私はそれを両手で優しく包み込んだ。

「……玲香？」

触れたまま動かない私を見かねて、知廣さんが私の名を呼ぶ。それとほぼ同時だろうか。私は衝動的にそれを口に含んでいた。

「っ……!!　れ、玲香……」

恋愛初心者の私にも、さすがにフェラチオの知識はあった。でも、実際どこをどうすれば男の人が気持ち良くなるか全然わからない。知っている限りで、歯を立てないように慎重に先端を含み優しく舐めたり、竿に舌を這わせたりしてそれっぽいことを試みてみる。

そのうち、知廣さんの口から、これまで聞いたことがない吐息が漏れ始めたのに気づく。

「はっ……」

私の髪を撫でながら吐き出される知廣さんの熱い吐息に、胸がドキドキした。

──知廣さん、気持ち良くなってくれてる……？

拙い私のフェラチオでも、彼を気持ち良くさせることができる。そう思ったら嬉しくなって、私は精一杯の奉仕を続けた。

「……っは……玲香、もう……」

苦しそうな吐息を漏らした知廣さんが、私の口から自分のそれを引き抜く。

「……気持ち、良くなかったですか……？」

呼吸を少し荒くした知廣さんは、私の唇を拭いながら「逆だ」と言った。

「今度は俺の番。ほら、脚を開いて？」

「あっ……！」

知廣さんが私をベッドに押し倒し脚を大きく開かせると、躊躇いなく股間に顔を埋めてきた。指で襞を捲られ、その中に隠れていた蕾を強く吸われる。

それはとても強い刺激で、背中を大きく反らしてしまう。

「ンンッ──!!」

たまらず私が大きく腰を揺らしても、知廣さんは蕾への刺激をやめようとしない。それどころか脚の付け根を押さえ込んで、そこばかり集中して攻めてくる。

舌先でつん、と蕾をつつかれると、全身にゾクゾクした痺れが広がる。彼の舌が動く度に、腰が揺れ背中が反り返った。

「や……あっ、だめ、ちひろさ……っ」

「気持ち良くしてもらったお返しだ。存分によがってくれ」

股間に顔を埋めた状態でそんなことを言われて、彼の熱い吐息がさらに蕾を刺激して腰が跳ねた。

せり上がってくる快感に、すぐにまたイッてしまいそうな危機感を覚える。

「あっ、もうっ、だめです、私っ……」

イヤイヤ、と首を振ると、知廣さんが股間から私に視線を向けてくる。

「イきそうか？」

無言で何度も頷く私に、彼はニヤリと笑って再び股間に顔を埋めて蕾を執拗に嬲り始めた。

「んあっ……や、だめっ……、ああっ……!!」

——もうダメ、イッちゃ……！

ぎゅっと目を瞑った瞬間、一気に快感が弾けた。私はまた一人で達してしまう。

「はあっ、あ……」

くったりとしていたら、濡れた口元を手の甲で拭った知廣さんが私を見て微笑んだ。

「今日は本当に感じやすいな」

「も……は、はずかし……」

たまらず顔を手で覆うと、ふっと鼻で笑われた。

「いいや、可愛いよ」

そう言いながら脚を広げられ、蜜口に起立した楔を宛てがわれる。

「えっ、あ、あのっ」

――イッたばかりだから、今触れられると……

私が焦って体を起こしかけたのと、知廣さんの熱い楔が入ってきたのはほぼ同時だった。

「ああっ……!!」

普段よりも敏感になっている時に一気に奥まで挿入されて、全身にピリピリとした痺れが駆け巡り、体が大きく仰け反った。

「く……っ、は……」

知廣さんの口から、苦しげな声と熱い吐息が漏れる。

熱塊を受け止めたお腹の奥から、じんわりとその熱が体中に広がっていくように感じた。それがとても心地よくて、下腹部がきゅんきゅん疼いてしまう。

「ふ、あっ……熱い……っ」

「……っ、君の中も熱いな……」

彼はしばらく動かずにいて、私の中の感触を存分に味わっているように見えた。しばらくするとゆっくりと腰をグラインドさせてくる。何度も楔を出し入れされる度に、私の中から音を立てて蜜が掻き出された。

「あっ……、は……っ」

知廣さんは、円を描くように腰を動かしたり、突く位置をずらしてきたりする。そのどれもこれもが気持ち良くて、私は甘い声を上げ続けた。

「やっ、そこはっ……あっ……」

あまりの気持ち良さに、知らず知廣さんの腕をぎゅうっと掴む。同じタイミングで、彼が苦しそうな吐息を漏らした。

「っ、すごい……中が締まるっ……」

はあっ、と大きく息を吐いた知廣さんは、突き上げながら上体を倒して私を抱き締めてきた。耳朶を食まれ耳孔を舐められる。そのまま首筋まで舌を這わされそこを強く吸い上げられた。

大きな手で胸の膨らみを荒々しく揉みしだかれ、先端を指で強く摘まれる。

「あんっ!!」

胸の先から伝わるビリッとした刺激に、またお腹の奥がきゅんとしてしまう。

「また締まった……玲香は、ここを弄られるのが好きなの？」

彼に見つめられながら耳元で囁かれる。彼の甘い声にドキッと胸が跳ね、そのせいなのかはわからないけど何度も頷いてしまった。

「んっ……す、好きっ……、ですっ……」

「そうか……」

小さく呟いた知廣さんが、すぐに体をずらして胸の先端に舌を這わせ始めた。べろっ、と舐められただけで、ざらついた舌から与えられる快感に、体が震えた。

「ひっ、やんっ……だめ、そこは……ち、ちひろさっ……」

「ダメじゃないだろ？　好きなんだろ？　ほら、こんなに硬く起ち上がってる」

意地悪モードの知廣さんに妖しく見つめられて、カアッと顔が熱くなった。

しかも彼は思い知らせるみたいに、片方の乳首を指の腹で円を描くように擦り、もう片方を口に含んでコロコロと舐めしゃぶってきた。

一気に押し寄せてくる快感の波に呑み込まれて、私は言葉も出ない。

「ん、んんっ、ん――っ！」

しつこいくらい胸を弄られて私の蜜口からは蜜が溢れ、抽送がどんどんスムーズになっていく。それどころか、グチュグチュとすごい音が聞こえてきて、自分がこんな風になってしまうことが恥ずかしくてたまらなかった。

「や、やだあ……こんな、私、濡れてはずか、しいっ……」

顔を隠そうとした手を知廣さんに掴まれ、そのまま頭の上で押さえつけられた。

「そうやって恥ずかしがる姿が、男の情欲をそそるって知ってた？　ほんとにたまらないな、玲香は」

どこか恍惚と微笑んだ知廣さんは、私の手を押さえ込んだまま強く腰を打ち付けてくる。

「んあっ……!!　ふかっ……」

最奥を突き上げられ、甘い痺れが私を襲う。徐々に彼の腰を打ち付ける速度が速くなり、息をつく間もない快感に思考が吹っ飛びそうだ。

——二度も達しているのに、またイッてしまいそう。

私って、こんなに感じやすい体だったの……？　と不思議に思う。だけど、それはきっと知廣さんを深く愛しているからだ、と思い直した。

「はっ、あ……ち、ちひろさ……」

うっすらと目を開けて彼を見れば、額から玉のような汗を滴らせ私を突き上げている。

その姿に激しく胸がときめいた。

「知廣さんっ……好きっ……」

もはや叫びにも近い愛の告白に、眼前の知廣さんは息を荒らげながら苦笑した。

「……知ってる、よ」

そう言うなり、知廣さんが顔を近づけ、私の唇にチュッとキスをした。そのまま唇を耳の方へスライドさせ甘く囁く。

「愛してるよ」

その瞬間、私の肩がビクンと大きく跳ねた。

――体から力が抜けちゃう……

脱力して甘い声にうっとりしていると、知廣さんが私から自身を引き抜き、耳元で囁いた。

「……玲香、後ろを向いてごらん」

知廣さんに言われるがまま、ゆっくりと彼に背を向けた。

「こう、ですか……？」

「そう」

私の背中に、彼の厚い胸板が当たる。それにドキンと小さく胸が躍ると、背後から回された手に乳房を覆われ優しく揉まれる。

「あん……」

乳房が彼の手の中でぐにぐにと形を変えていく。それを眺めながら、私は熱い吐息を漏らした。

「玲香は背中も綺麗だ」

そう言って、知廣さんが背中にキスをしてくる。ちゅ、と触れるだけだったり、痕が残るくらい強く吸い上げられたり……その感触が気持ち良くて、ちょっとだけくすぐったい。

「ち、ひろさんっ……」

「君の肌は気持ちがいい……」

両手で乳房を激しく揉まれ、乳首を強めに摘まれると、ビクン！　と体が反応する。

「んっ……やあんっ」

「声も可愛い」

彼が嬉しそうにそう呟いた。直後、背中から知廣さんの温もりが消える。気になって肩越しに振り返ると、腰を掴まれ再び奥まで昂りを突き入れられた。

「ああっ……!!」

お腹の奥の方に熱い楔が打ち込まれ、背中が大きく反り返った。

正常位でするのとは違う場所に楔が当たり、これまでとは違った快感が全身を覆い尽くす。

「んっ……、そこっ……」

知廣さんは腰を掴んだまま、奥に何度も自身を擦りつけた後、ゆっくりと腰をグラインドさせた。

「君の中、うねって絡みついてくる。ここも気持ちいい？」

「気持ち、いいっ、ですっ……!!」

息を荒らげながら素直に答えると、彼の動きが激しくなった。姿勢が保てなくなるくらい、後ろからガツガツと突き上げられる。

「ん、や、あっ……だめ、またイッちゃうううっ……」

強く揺さぶられているうちに、再びむず痒いような、なんとも言えないあの感覚が体の奥からせり上がってくる。

「っ、何度でも……イッたらいい」

――でも、イくなら知廣さんの顔を見ながらがいい。

「や……っ、後ろ向きじゃいやですっ……！」

「……わかった」

私の呟きに素早く反応した知廣さんが、繋がったまま私の体を仰向けにさせ、再び正常位に。

そこから腰を打ち付ける間隔が一気に狭まった。

「あっ、あっ……！」

激しく腰を打ちつけられ、もうまともに思考が働かない。

「んっ……はあ、んっ……」

ずちゅ、ずちゅという私を突き上げる音が、さっきよりも大きく聞こえる。

もうすぐ絶頂を迎えるというところで、知廣さんは一旦突き上げるのをやめ、浅いところを刺激してくる。

今すぐ体の深いところに知廣さんを感じたい私は、彼の動きに焦れに焦れた。

「も、やだ……焦らさないでっ……」

前髪を垂らしながら息を乱していた知廣さんが、乱れた髪を掻き上げる。

「……奥まで入れてほしいの？」

私は潤んだ目で彼を見つめ、必死に頷く。

「ほんとに、玲香はおねだりが上手くなった……」

掠れた声で呟いた直後、知廣さんの熱杭が最奥に打ち込まれた。その強さに背中が大きく反り返り、息をすることも忘れてしまう。

「は……ん……っ!!」

私の片脚が持ち上げられ、太股にキスをされる。そのままその脚を肩に担がれ、パンパンとリズミカルに腰を打ち付ける音が寝室に響いた。それに伴い抽送もまた速度を増していく。

——あ、頭の中が……真っ白になる……

私に触れる手も、脚も、体も、彼の全てが愛おしい。

その気持ちを伝えるかのごとく、私は目の前にいる知廣さんの首に腕を回し、ぎゅっとしがみついた。

彼の汗ばむ素肌を誰より近くに感じ、好きという気持ちがこれでもかと溢れてくる。

その気持ちに体も反応して、我慢できないとばかりに絶頂が近づいてくる。

「わ、わたし……もうっ……あっ、あ——っ……!!」

彼にしがみつく手に力を入れるのと、知廣さんがひときわ大きく息を吐き出したのは同時だった。

「っ、は……っ!!」

彼と一緒に気持ち良くなりたいと思っていた私は、彼が果てたのとほぼ同じタイミングで達した。

「玲香……愛してる」

知廣さんが私の唇を優しく食む。それに応えるように、私も彼の薄い唇を食んだ。

「私も、愛してます……」

笑みを浮かべた知廣さんが、強く抱き締めてくれた。

——私、今、最高に幸せ……!!

彼の腕の中で、幸せを噛みしめる。

その後、二度三度と抱かれ続けた私は、知廣さんの腕の中で気絶するように眠りにつく。

色々な不安が解消されたせいか、いつになくぐっすりと眠ってしまった私なのだった。

エピローグ

橋野さんと吉本さんが『おおひなた』を去ってから数日後。

女将修業にもだいぶ慣れた私は、昼間だけでなく夜も接客をすることが増えた。

何度か接客をしているうちに顔見知りになったお客様も増え、中には私の顔を見に来た、なんて言ってくださる方もちらほら。

そして、ご贔屓のお客様がいらした時には、若女将としてお義母様と一緒にご挨拶させていただく機会も増えた。

「若女将の玲香です。どうぞよろしくお願いいたします」

「玲香です。よろしくお願いいたします……!!」

お義母様にこうやって紹介される度に、私は若女将としての責任を実感しつつ、嫁として認めてもらえた嬉しさが込み上げてくる。

以前はギクシャクしていた接客係との仲も、今ではすっかり落ち着いた。

休憩時間になると、みんなが持ち寄ったお菓子やお漬物をテーブルに並べて、和やかにお喋りをしている。

「それにしても、玲香さん随分若女将らしくなってきましたよね」

小峰さんの持って来てくれた、たくあんを食べながら滝沢さんがしみじみと私を見る。

「えっ。そうですか？　私としてはまだまだお役に立てるにはほど遠いと思っているのですが……」

すると横から沢井さんが会話に入ってくる。

「そんなことないですよ？　それに、最近知ったんですけど、どうやら板場の方でも玲香さんは只者じゃないって噂になってるみたいですし」

「えっ……？　た、只者じゃないって、どんな噂でしょうか……？」

それは聞き捨てならない……と、私は沢井さんに尋ねた。

「どうも女将が『うちの若女将は可愛らしい見た目と違って、すごく強い女性だ』って、窃盗騒動の時にモップで犯人に立ち向かった話をしていたらしいんですよ。女将、なんだかとっても鼻が高そうだったようですよ」

「ほ、本当ですか？」

お義母様がそんなことを言ってくれていたなんて驚いた。

――お義母様の期待に応えられるように、ますます頑張らなきゃ！

そう、私には、おおひなたの若女将としてだけではなく、大日向家の嫁としての役割もあるのだ。

シフトが入っていない日は嫁として、家の中を隅々まで綺麗にしたり、お使いに行ったり、家中にお花を生けたりなど、やることはたくさんある。そしてお義祖父様がいない時は松・竹・梅子さんの餌やりも。

たまの休みには、撫子さんとランチに行ったりして、有意義な毎日を送っている。

そうして今日、撫子さんとのランチから帰宅した私は、夕飯までの時間を利用してお菓子を作ることにした。知廣さんが好きだと言っていたブラウニーだ。

刻んだチョコレートにバターを入れゆっくり湯煎で溶かす。それに溶き卵を加えてよく混ぜ合わせ、砂糖とふるった薄力粉、粗く刻んだクルミを入れて軽く混ぜる。それを型に入れて、あらかじめ温めておいたオーブンで焼いたら完成だ。

ピー、と電子音が鳴ったオーブンを開けると、チョコレートの甘い香りがキッチンに充満する。見た目もとても美味しそうにできあがっている。

「うん、上出来！」

ブラウニーの粗熱を取り、型から外して食べやすい大きさにカットしたら完成だ。

――知廣さん、喜んでくれるかな。……食後のお茶の時間に出してあげよう。

知廣さんの反応が気になりつつ夕食を済ませた私は、今日も仕事で遅くなる彼が帰ってくるまで、しばしの映画タイム。

大好きなゾンビ映画を観て、わくわくドキドキしながら知廣さんの帰りを待つことにする。

ソファーに座り、私は少し前屈みになって映画にのめり込む。画面はちょうど、主人公がゾンビの軍団に追われるシーンに差しかかっていた。

――逃げて逃げて……!!

息を呑みながら主人公を必死に応援していると、いきなり私の両肩に手が置かれた。

「キャ――――ッ!!」

びっくりしてソファーから飛び上がった私が振り返ると、両手を上げて固まっている知廣さん。

「驚かせてごめん、ただいま」

「あ……ごっ、ごめんなさ……急に触られたからびっくりして。おかえりなさいっ」

「すごい声だったな」

くすくす笑いながら、知廣さんがテレビ画面に視線を向ける。そこでハッとした。自分が観ているのがゾンビ映画だったと思い出し、慌ててリモコンに手を伸ばす。

「ご、ごめんなさい、知廣さんは観ないですよね、こういうの」

急いでチャンネルを変えようとすると、知廣さんに制止された。

「いや、いいよ。そのままで」

「でも」

「君がこういう映画が好きなのはもう知っているし、よく観ているシリーズも覚えたよ」

知廣さんがニヤリと微笑んでくる。

「……シリーズ？　でも私、知廣さんに話した覚えは……」

なんで知っているの？　と首を傾げていると、知廣さんがクスクス笑い出す。

「この配信サービスは視聴履歴が残るだろう？　しかも履歴に基づいたオススメも出てくる。だから、ここで映画を観ようとすると、オススメに上がってくるのは当然ゾンビとホラー映画だけだ。最初に見た時は、衝撃的だったな」

「か、重ね重ねすみません……！」

恐縮して頭を垂れる私の頭をポンポン、と優しく撫でながら彼が尋ねてくる。

「いや。君らしくていい。ところで今日は何をしてたんだ？」

ジャケットを脱いでからソファーに腰掛けた知廣さんに、撫子さんとランチに行ったことを話した。

「楽しそうでなにより。それにしても、君達のランチはデカ盛りばっかりだな？」

「はい……撫子さんがハマッてるみたいなので。私はさすがにデカ盛りにお付き合いはできませんけど、彼女の食べっぷりを見ているだけでも楽しいんです」

「そうか。機会があればぜひ俺も拝見したいものだね」

楽しそうに微笑む知廣さんを見つめながら、何気なく彼の肩にこてん、と頭を載せる。

ソファーに座り二人で身を寄せ合う。これだけのことなのに、ものすごく幸せを感じた。目の前で流れているのはゾンビ映画だけど。

うっとりしていると、まず先に口を開いたのは知廣さんだった。

「玲香」

「はい」

「今日は抱いてくださいって言わないの」

彼の口から出た衝撃の言葉に、思わず立ち上がった。

「……!!　ち、知廣さん！　いくら私でもやたらめったら言いません！　そんなこと……」

まさか知廣さんの口からこんなことを言われるとは。

私が急激に熱を持つ頰を押さえて知廣さんを見ると、彼は楽しそうに笑っていた。

「それもそうだ。最近はあまり焦らしてないしな」

ゆっくりとソファーに座り直し、一息つく。

「ええ、そうですよ。焦らして……え？　焦らす？」

あやうく聞き流しそうになって、あれっ、となる。

思わず知廣さんと顔を見合わせると、彼がククク、と肩を揺らし始めた。それを見ていたら、結婚したばかりの頃、彼が私に触れてくれず悶々とした期間があったことを思い出す。

——まさか……

「知廣さん……なかなか私に触れてくれなかったのって……もしかして、わざと焦らしていた……とか……？」

いや、まさかそんなことはないだろう……と思いながら、恐る恐る尋ねる。

そんな私を見て笑みを深めた知廣さんは、居住まいを正してコホンと咳払いをした。

「ごめん」

知廣さんが短くこう言った瞬間、私の体に雷のような衝撃が走る。

なぜそんなことをされたのか、その理由が知りたくて、私は彼にすがりついた。

「えっ……な、なんでそんなことを……!?　知廣さん、私のこと実は嫌いだったんですか……？」

——えっ、やだ。もしそうだったらショックだ……

泣きそうになる私に、知廣さんは「そうじゃない」と手をひらひらさせる。

「焦らせば焦らすほど、君はせつなそうな顔をして、強く俺を欲してくる。その表情が……たまらなかった。だから申し訳ないと思いつつも、つい焦らしてしまったんだよ」

「え……え？　そ、そんな、私欲しそうにしてたって……ええ、顔に出てたんですか!?」

まさかの思っていることが全部伝わっちゃっているパターンに、私は愕然とした。

「出てた。思いっきり」

――う、うそ――!!

これぞ恥ずかしさの極み。私は両手で頬を押さえ悶絶した。

「そんな君が、俺の中のSの部分をどうにも刺激してきて、つい……。今となっては、本当に悪かったと思ってる」

頭を下げられてしまい、反射的に首を横に振る。すると、知廣さんが笑いながら「だけど」と付け足した。

「俺に触りたいのを我慢する君が可愛すぎるのもいけないと思うんだが、どうだろう？」

可愛い、と言われて一瞬喜んだけど、ここは喜ぶところじゃない、怒るところだと気づいた。

「ひ……ひどいです、知廣さんっ!!　私、そんなつもりじゃ……」

「ひどい？　そう？」

私の抗議に、なぜか知廣さんは平然としている。

「そうですよ！　いじめて楽しむのはよくないです！」

「でも玲香は、こういう俺が好きだろう？」

自信満々に聞かれて、思わずグッと言葉に詰まる。知廣さんがうっすら微笑んでいるところを見ると、私が否定するとはまったく考えていないようだった。

──くうう……知廣さんたら、私の性格完全に見抜いてる……!!

彼の言うとおり、私は、知廣さんのこういうところも大好きなのだ。

「す……いえ、大好きです!!」

知廣さんに勢いよく抱きつくと、彼は笑顔で私の体を抱き締め返してくれた。

「でも、君をいじめていいのは俺だけだから。これから先、他の誰にもいじめられるなよ？」

耳元で囁き、にっこりと微笑む知廣さんが素敵すぎる。蕩けてしまいそう。

「知廣さん……!!」

──もう、もう……なんでこの人は、私のツボを見事に突いてくるのだろうか……!!

彼からの一風変わった愛情表現に、私の胸が激しくときめいた。

傍から見たらちょっと変かもしれないけど、それはそれだ。だって、私達にとってはこれが幸せなのだから。

「それよりも、さっきから部屋にいい匂いが漂っているんだが……チョコレート？」

私を抱き締める腕を緩め、知廣さんが鼻をひくひくさせる。

「さっき、ブラウニーを作ったんです。紅茶を淹れるので、一緒に食べてくれますか？」

「もちろん」

にっこりと微笑んだ知廣さんと一緒に、紅茶を飲みながらブラウニーを食べた。

自分で作っておいてなんだが、結構上手く仕上がったブラウニーを、知廣さんは美味しいといって食べてくれた。その姿に、もっと彼に喜んでもらいたい、という気持ちが沸々と沸き上がってくる。

――いつまでも、こうやって二人で楽しい時間が過ごせたらいいな。

これから先いつまでも、知廣さんと仲睦まじく暮らしていきたい。

そのためなら私、どんなことでも頑張れる。

見つめ合った私達はどちらからともなく顔を寄せ、キスをし……ようとしたら、いきなり部屋のドアの向こうからお義母様が私を呼ぶ声が聞こえてきた。

「玲香さん、ちょっとこっちにいらっしゃい!!」

条件反射のように姿勢を正し、すぐさま返事をする私。

「はいっ、ただいま!!」

そんな私に知廣さんが苦笑する。

「続きはまた後で。とりあえずいってらっしゃい」

「はい、いってきます！」

元気に返事をすると、知廣さんが笑顔で見送ってくれた。

嫁としても若女将としても、一人前になるまでの道のりはまだまだ長い。

でも彼との未来のためなら、どんな苦難でも乗り越えてみせる。

いいや、むしろ苦難は大歓迎！　そんな心境の私なのだった。

旦那様がお気に召すまま
～新婚生活は刺激がいっぱい～

世の中には世話好きの人間というものが、親族に一人くらいはいるらしい。

俺にお見合いの話が舞い込んできたのは、三十を迎えたばかりの年末だった。

「知廣にとっても、良いお話だと思うのよ、どうかしら」

久しぶりの休日を満喫しているところにいきなりやって来た伯母から、見合い相手となる女性の写真と釣書の入った封筒を押しつけられる。

この謀ったようなタイミングに、しばし頭を抱えた。

伯母は自分の子供が独立したのをきっかけに、俺に縁談を持ちかけてくるようになった。これでもう何度目になるだろうか。

だが、仕事に追われる毎日を送っている身としては、今はまだ結婚に気持ちが向かない。だから毎回何かと理由をつけて伯母の持ってくる縁談から逃げていた。

ただでさえ見合いに乗り気でないのに、時期が悪すぎる。それじゃなくても年末は、クリスマスや大晦日などイベントが続き、料亭や惣菜店、旅館を経営する『おおひなた』はめちゃくちゃ忙しいのだ。はっきり言って、呑気に見合いなどしている時間はない。

ため息をつきながら、今回ばかりは伯母にもの申す。

「伯母さん……気に掛けてくれるのは有り難いんですけど、今はそれどころではないんです。伯母さんだって今がおおひなたにとって、どういう時期かおわかりでしょう?」

父の姉である伯母に、大日向家のこの時期の忙しさがわからないはずがない。

俺がこういう反応をすると、伯母の方も大概引いてくれる。しかし今回ばかりはいつもと違った。

「わかってるけど、それでもと思って。とりあえず見るだけ見て!!　今回のお嬢さんはこれまでとちょっと違うから!!」

珍しく強気でごり押ししてくる伯母に圧倒される。

「違うって……何がです」

「見ればわかるから、ほら!!」

強引に促(うなが)され、渋々封筒の中に手を入れた。

「……では、見るだけ」

取り出した写真は二枚。成人式と思(おぼ)しき振袖姿のものと、つい最近撮ったと見られるスナップ写真だ。目がくりっとして大きく、小さな口にぽってりした唇が印象的な顔はとても可愛い。スナップ写真の方は、華奢な体に清楚なワンピースがよく似合っている。長い髪につばの広い帽子を被っている姿は、いかにもお嬢様という感じだ。

はっきりいって、こんな女性が見合い相手なら断る男などいないのでは？

「英玲香さんと仰るの。可愛い方でしょう？」

「そうですね。でもこれだけ可愛らしい方ならお見合いなどせずとも、結婚相手くらい見つかるんじゃないですか？」

「それがね、このお嬢さん箱入りで。これまでまったく男性とのご縁が無かったんですって！　だからお父様が、大学を卒業して社会に出るなり変な男に捕まるのは我慢ならない。だったら見合いさせるって言い出して、この話をいただいたのよ」

さすがに過保護なのでは？　とも思ったが、これだけ可愛ければ親が心配するのも当然かもしれない。

「でもねえ、このお嬢さん、ただ外見が可愛いだけじゃないのよ。ほら、こっちを見てみて」

ガサガサと釣書を取り出した伯母が、それを渡してくる。

疑問に思いながら釣書に目を通す。そこには、実に興味深い内容が書かれていた。

「この、趣味と資格の多さは一体。この方は多趣味なのですか？」

日本舞踊に着付け、生け花に茶道に書道など、良家の子女が習い事として嗜みそうなことは一通り書いてある。その中には合気道や薙刀なんてのもあり、正直言って驚いた。

さらに、資格の欄には漢字検定にアロマテラピー検定、さらには危険物取扱者乙種四類資格に二級小型船舶操縦士免許などなど、華奢なお嬢様のイメージからは想像がつかない実務的な資格まで並んでいる。

「多趣味というよりもご両親の教育方針ね。良家の子女という環境に甘んじることなく、一人でも生きていけるようたくさんのことを身につけなさい、と言われて育ったらしいわ」

「にしても、多過ぎですよ」

釣書の家族の項目を見ると、ご実家は多数の不動産を所有している資産家とある。彼女は現在名門女子大の四年生か……若いな。

「この方まだ大学生のようですが、本当にお見合いして結婚する意志があるんですか？二十二歳だなんて、まだまだ遊びたい年頃でしょうに」

それに、なんといっても相手は箱入りお嬢様だ。これまであまり苦労せず親に守られて生活してきたのが、一変、今度は嫁として結婚相手に合わせる生活になる。そんな生活に果たして耐えられるのか。結婚してからやっぱりまだ遊びたいと言われても困る。

俺からこの手の質問が出ることを予想していたみたいに、伯母が「そこなんだけど」と身を乗り出す。

「私もお話をいただいた時、その辺りが気になって彼女の叔母様にお伺いしてみたの。そうしたらそのお嬢さん、もし素敵な方とのご縁があるなら、独身生活に未練はないって仰っているそうなのよ」

「……そうなのですか？」

――いやでも、そうは言っていても現実は……

伯母の言っていることを半信半疑で聞いていると、伯母が「それにね」と付け足す。

「彼女のオススメポイントは他にもあるのよ。彼女の叔母様によるとね、この玲香さんという方、かなりメンタルがお強いらしいの」

伯母の言葉に眉をひそめる。

「……メンタルが強い？　それはどういう……」

「そのままの意味じゃないかしら。それで思ったのよ、そういった方なら、あなたのお母様とも上手くやれるのではないかって」

「なるほど、それは確かに……」

料亭おおひなたの女将でもある母は、まあまあ……いや、かなり気が強い。だが、料亭の女将とこの家の嫁を両立するには、それくらいでないと無理なのだろう。

確かに伯母の言うことには一理ある。どんなに美しく素晴らしい家柄の女性でも、母との折り合いが悪くては結婚生活など上手くいくはずがない。

――今のところ断る理由がない……な。

いつもならあまり気が進まない見合い話。しかし、今回は釣書の内容と伯母の言葉から、まだ見ぬこの女性に興味が湧いた。

「会ってみてもいいですよ。こんな年上の男でよければですが」

俺が返事をすると、伯母が素早くソファーから立ち上がった。

「よし！　じゃあ知廣の気が変わらないうちに、さっそく手配するわね!!」

そう言うなり、伯母が嬉しそうに部屋を出て行った。それから、一ヶ月後。

忙しかった師走（しわす）を乗り越え、『料亭　おおひなた』の一室に英玲香さんを迎えた。

「大日向知廣です」

「はっ……英、玲香、ですっ……!!」

成人式の時の写真と同じ赤い振り袖姿の玲香さんは、まさに可憐という言葉がぴったりの女性だった。大きな目に小さな口。それに何より顔が小さく写真で見たとおり華奢（きゃしゃ）だ。

だけど極度の緊張からか大きな目は視線が定まらず、お茶に伸ばした手は微かに震えていた。

――……可愛いな。

まるで猛獣におびえる子リスのようだと思いながら、じっと彼女を見る。

しかしこの女性、本当に三十路を迎えた男と、結婚するつもりがあるのだろうか。

もしかすると自分と同じように、断り切れずにこの場に足を運んだのかもしれない。だとしたら、逃げ道の一つでも作ってやるべきなのか……

そんなことを考えていると、いきなり意を決したように彼女が口を開いた。

「今日は私のためにわざわざ時間を割いてくださりありがとうございます！　お会いできて嬉しいですっどうぞよろしくお願いいたしますっ!!」

一気に言い切った彼女が俺に向かって頭を下げる。が、勢い余って目の前のテーブルにゴン!!　と額をぶつけたので、咄嗟に身を乗り出した。

「だ、大丈夫ですか」

「はい……大丈夫です……お、お恥ずかしい……」

額に手を当てながらしゅん、と肩を落とす彼女は、あれだけの趣味や資格を持ち、何事もそつなくこなす女性のイメージとはほど遠く見えた。

――本当にこの女性が釣書にあった趣味や資格を持っているのだろうか？　見えん……

せっかくだからそのあたりのことを聞いてみたいと思ったけれど、挨拶の勢いはどこへ行ったのか。玲香さんは仲介人が喋っている間、一言も言葉を発しない。それどころか全然こっちを見ないのだ。

――どうかしたのか。さっきは会えて嬉しい、と言っていたのに？

目の前の彼女から視線を逸らさずにいると、俯きがちながら、たまにチラチラと視線を送ってこられる。その顔は紅潮し、口元はずっと引き結んだままだ。

――緊張しているのだろうか？

どうにも彼女が気になり目が離せなくなってしまう。無言で彼女を見つめ続けていると、仲介人が決まり文句とともに部屋から出て行った。

その途端、彼女の顔から血の気が引いていき、完全に俯いてしまった。

――二人きりになるのが嫌なのか。それならそうと言えばいいのに、さてどうしたものか……

かといっていつまでも黙っているわけにもいかず、俺から彼女に話しかけた。

名前で呼んでもいいか、と問うと彼女は元気よく「はい！」と返事をする。

そんな彼女に、この見合い話を進めるのであれば、確認しなければいけない幾つかのことを説明させてもらった。

今の様子から、おそらく彼女にうちの家業を継いでもらうのは無理だろう。それに、同居が必至となる俺との結婚は、きっとこの子にとっていい条件とは言えない。だから断ってくれて全然構わない。そんな気持ちで自分との結婚条件を話すと、彼女の反応は意外なものだった。

「大丈夫です！　私、大日向さんの仰るとおりにします」

青ざめていたように見えた頬には赤みが差し、さっきは小さかった声も嘘のように大きくはっきりと、彼女はこう言い切った。

これには、正直驚いた。

返事はすぐでなくていい、もっとよく考えてからでと言っても、彼女は大丈夫と繰り返す。

しかも同居という、今時古くさいと思われがちな考え方を肯定してくれた上に、家族を大切にする俺を素敵だ、とまで言ってくれた。

これまでにも何人かと交際してきたが、大抵家業や同居の話をした途端、尻込みしてどうにかしてそれを回避しようとする女性がほとんどだった。だからだろうか、余計彼女に好印象を持つ。

しかし、嬉しい反面、本当に心から言っているのだろうか？　と猜疑心も湧く。でも、真剣な表情の彼女を見ているうちに、疑うのが馬鹿らしくなった。

これまで自分の周りにはいなかったタイプの彼女に、とても興味を引かれる。

——と、この短時間に色々と考えていたら、だんだんこの状況が面白くなってきた。ついつい口元が緩んでしまうのを止められない。

名前で呼んでくれ、と注文をすると、彼女ははにかみながら俺の名を呼んだ。それがまたとても可愛くて心が和む。

会話の流れで、このまま話を進めてもいいかと問えば、すぐに嬉しそうな顔ではい、と快諾された。その返事の早さに呆気にとられてしまい、笑みが込み上げてきた。

しかし、今度は彼女の方から質問された。

「私が結婚相手で、本当にいいのですか……？」

俺の言葉を待つ玲香さんの顔が本当に可愛らしくて、つい顔が笑ってしまう。

真剣な表情もそそる、なんて思いながら、今自分が思っていることを正直に彼女に伝えた。

すると、とても真面目な顔で俺のことを理想の男性と言うので、もう笑いが堪えきれなくなり、噴き出してしまった。

「ご、ごめんなさい、私ったらつい……」

笑う俺に向かって何度も何度も頭を下げてくる彼女が、とても可愛く愉快だった。

――彼女との結婚生活なら楽しそうだ……

自分の中で、ある欲求がどんどん大きくなっていくのがわかる。

我ながら厄介だと思うが、俺はいい年をして、好きな子ほどいじめたくなるという小学生みたいな性癖を持っていた。

それがあまり一般的ではないと自覚はしている。だけど持って生まれたものを、今更治すことなどできない。その性癖が、彼女を見ているとものすごく刺激された。

――彼女と同じだ。俺も……この縁を逃したらきっと後悔する。

自分でも驚いたが、彼女との縁談を進めることに迷いはなかった。玲香さんにそう伝えた時の、嬉しそうな顔が今も忘れられない。

あなたとなら楽しい家庭が築けるような気がする――彼女に伝えた言葉は俺の本心だ。

この時点ではまだ確証はなかったが。


それからデートを重ねていくうちに、彼女の奥ゆかしさは意識しているわけではなく、持って生まれた性格なのだと知る。

それでいて、デートの度に何かを期待してソワソワしているのが伝わってきた。だが、俺は敢えて手を出すことはしなかった。

なぜならば、触れられることを期待したり、そんな自分を恥じたりする様子が、たまらなく可愛らしかったからだ。

触れたい気持ちがなかったわけではないが、結婚式・披露宴を終え、同居を開始しても手を出さずにいたら、限界を迎えた彼女の方から俺を求めてきた。

その瞬間、彼女を焦らしながら自分も焦れていたのをはっきり感じた。だから、彼女を初めて抱いた時は、お互いに箍が外れたように夢中で求め合った。しかも普段控えめな玲香がセックスの時は大いに乱れるものだから、煽られないわけがない。セックスにこれほど燃えたのは初めてだった。

こんな形で始まった結婚生活ではあるが、俺達にはこういうスタイルが案外合っていると思う今日この頃。

なんだかんだとバタバタした時期もあったが、雨降って地固まる、の如く夫婦の絆も深まった。

そんな結婚生活も早半年が過ぎようとしている。

いつものように仕事を終えて帰宅すると、エプロン姿の玲香がすっ飛んできて俺に抱きついた。

「知廣さん、お帰りなさい!!」

「ただいま」

条件反射で、ぴったりと俺にくっつく玲香の頭を撫でるのもいつものこと。

現在彼女は、若女将として週三日料亭で働き、残りは家で嫁修業に励むというスケジュールをこなしていた。

彼女のことを目の敵にしていた橋野が店を去り、彼女を取り巻く環境は随分良くなったようだ。

年の近い従業員とも仲良くやれているようだし、人間関係に関してはもう心配はしていない。

あとは彼女のペースで構わないから、若女将（おかみ）として、ゆくゆくは女将（おかみ）として、ともに『おおひなた』を支えていけたらいい。そう願っている。

もちろん、大日向家の嫁としても彼女はしっかりやってくれていた。

使用人の田丸や料理人との仲も良好で、母に代わってしっかりと家を守るべく、家事に奔走（ほんそう）する彼女には頭が下がる。

だからせめて、仕事がない日は家でゆっくりと休んでもらいたいのだが、彼女はいつもじっとしていない。基本的に動くことが苦にならないのだろう。そうでなければ子供の頃からあんなにたくさんの習い事をこなすことなどできないだろうから。

料亭が休みの今日もエプロン姿の玲香からはチョコレートの香りがした。ということは、お菓子でも作っていたのだろうか。

「チョコの匂いがするね。今日は何を作っていたの？」

「あっ、えっと……ブラウニーばかりじゃ飽（あ）きちゃうかなって思ったので、今日はフォンダンショコラを作ってみました」

「へえ、すごいな」

玲香は可愛い外見で話し方もお嬢様っぽいので（実際お嬢様なのだが）、一見すると料理などできなそうに見えるのだが、見た目に反してやることは結構すごい。

我が家は専属の料理人がいるので食事の支度をすることはない。しかし、たまに帰宅が遅くなった俺に、玲香が夜食として短時間でさっと料理を作ってくれることがある。だがそれが、短時間で作ったとは思えないほど絶品なのだ。

うどんに豚汁、出汁巻き玉子がついた鮭の西京焼き定食など、メニューは様々。深夜になぜこんな料理がすぐ出せるのかと尋ねると、彼女は時間があるときに昆布や鰹節から出汁を取り、それを容器に入れて冷蔵庫に保管しているのだと教えてくれた。

『出汁はなんにでも使えますから便利なんですよ。実家にいる時にお祖母様から教わりました。それに、実家ではいつも私がこうやって削り節を作ってたんです！』

そう言って彼女は鰹の本枯節を削り器で削り、自ら削り節を作っていた。まさか削り節から出汁をとっていたとは思いもしなかったので驚いた。

なるほど、実家で学んだ生活の知恵をしっかり受け継いでいるわけだ。

しかも、母から渡された【大日向家の嫁とは　上・下】もすっかり内容を覚えており、いきなり母に注文を出されても狼狽えること無く対応するようになっていた。それには、うちの母も驚きを隠せなかったらしい。

『玲香さんって、何も知らないままお嫁に来たのかと思いきや、意外に色々できるのよ……ちょっと、いえ、だいぶ見る目が変わったわね。今は知廣にとっても、大日向家にとっても最高のお嫁さんがきてくれたと思ってるわ』

　玲香に直接言わないものの、実はかなり彼女のことを気に入っている様子の母に、こっちは心底安堵したものだ。

　服を着替えてリビングに戻り、ソファーに腰かけ玲香が作ってくれたフォンダンショコラをいただく。

　程よく固さがある生地にフォークを入れると、中心部からとろりとチョコレートが溶け出してきた。

「これ本当に玲香が作ったのか？　買ったと言ってもおかしくないレベルだな」

「ほんとですか！　でも問題は味ですよね……」

　じっと玲香が見つめる中、溶けたチョコレートに絡めた生地を口に運ぶ。俺好みに調整してくれたのか、あまり甘くなくてとても食べやすい。これならペロリといける。

「俺の好みに合わせてくれたのかな？　すごく美味しい」

　その途端、玲香の顔にわかりやすく安堵の色が広がる。

「はい。お砂糖の量を減らしてみたんです。知廣さんの好みに合ってよかった……!!」

　嬉しそうににこにこと笑う玲香は、本当に努力を惜しむことがない。

　この家に嫁に来てからは嫁修業、それが一段落してからは料亭での女将修業。

　どちらも大変なことなのに、彼女はいつも弱音を吐かず精一杯頑張ってくれる。そんな彼女に感謝しつつ、俺も彼女に相応しい夫になるべく、これからも精進していこうと思った。

ただたまに、意地悪なことをしてしまうかもしれないがそこは大目に見てほしい。全ては玲香への愛情ゆえだ。……とはいえ、彼女の性癖からして嫌がられることはまず考えにくいのだが。

フォンダンショコラを食べ終えてコーヒーを飲みながら、チラリと彼女に視線を送ってみる。

「玲香」

一緒にコーヒーを飲んでいた彼女が、テーブルにコーヒーカップを置いた。

「はい。なんでしょう、知廣さん」

「近いうちに数日休みが取れそうなんだが、また温泉旅行でもどうだろう？」

いきなりの提案に、彼女の目が大きく見開かれる。

「えっ、い、いいんですか……!? 行きたいです!!」

目をキラキラさせて身を乗り出す玲香に、こっちも顔が緩む。

「よし、じゃあまたスケジュールを調整しよう。……で、露天風呂付きの客室は必須？」

前回の経験をふまえて確認すると、玲香は顔を赤らめた。

「……っ、あっ……その……」

「それとも、今度はいらない？」

こう尋ねると、彼女が慌てて首を振る。

「いります!!　露天風呂は必須ですっ!!」

「それか、到着してすぐに寝床へ直行してもいいぞ」

冗談でも本気でもあるこの呟きに、玲香が口を開けたまま固まる。

「どうした?」

「……ち、知廣さん!!　そんな、はっきりと……!!」

両手で頬を押さえ、恥ずかしそうに顔を赤らめる玲香。だけど、きっと彼女も内心はそれを望んでいるに違いない。それだけは確信していた。

その証拠に「嫌か?」と尋ねると彼女は上目遣いで俺を窺(うかが)いながら、ふるふると首を振る。

こうやって恥ずかしがったり、困ったりする玲香を見るのが、今の俺の一番の癒(いや)しなのだった。

「私、知廣さんと一緒にいられるなら、どんなことでも大丈夫です!!」

「そうか。俺も君と一緒にいられるなら、どんなことでも耐えられる自信があるよ」

微笑みかけると玲香はうっとりと俺を見つめ返す。毎度毎度のやりとりだが、こんなに嬉しそうな彼女の顔を見るためなら何回だってやってやる、と思う。

「玲香」

膝を叩いて合図すると、パッと表情を輝かせた玲香がちょこんと膝の上に座り首に手を回してくる。

彼女の体を強く抱き締めると、柔らかい感触とともに甘い香りがフワッと鼻をくすぐった。

しばらく密着したままでいると、彼女が囁く。

「知廣さん、今夜はゆっくりできますか……？」

普段忙しい俺を気遣うように、玲香が顔を窺ってくる。

――ゆっくり？　そうじゃないだろう？　君が求めているのは……

「ああ、もちろん。何かしたいことでもあるのか？」

彼女の熱い眼差しは、間違いなく俺を求めている。それがわかっていながら、わざと聞いてしまう。こういうところは自分でも面倒くさい男だとは思っている。

だけど、彼女にとっては意外とそうではないらしい。直接言うより、匂わせるくらいの方が彼女の興奮を煽るようだった。

玲香は白い肌をピンク色に染めて、言いにくそうに口を開いた。

「知廣さんは、い……意地悪です。絶対何がしたいのかわかって聞いてるじゃないですか……」

「意地悪か。でも、こんな俺が好きだろう？」

自分でも何を言っているのだろうと思う。だけど、彼女は迷わずこくん、と頷いてくれる。

「……すごく好きです……」

こういった素直な部分は、彼女の中で俺が一番好きなところだ。

「では……まずは風呂かな。一緒に入ろうか？」

「……はい」

温泉旅行以来、こうして一緒に風呂に入ることにも前ほど動じなくなった。だけどまだ、恥ずかしそうに頬を染める玲香が可愛くて仕方ない。

照れる玲香を抱き上げ、そのままバスルームに直行する。ここからはいつもお決まりの甘い時間の始まりだ。

「脱がしてあげるから、手を上げて」

「……なんか私、子供みたいですね」

そう言いながらも素直に手を上げる玲香に、くすっと笑ってしまう。

「俺は子供に欲情などしないよ」

服を脱がすと目の前に現れた彼女の裸体は、細身ながら胸や臀部(でんぶ)に程よく肉が付いていて、体の曲線が美しい。もう何度も見ているというのに、いまだに見惚れてしまう。

「欲情……私に？　知廣さんが？」

信じられない、という目で彼女が俺を見つめてくる。

「君にしかしないよ」

これは、本心だ。

「私も、知廣さんに対してしか、こんな気持ちになりません……」

「こんな気持ちって、どんな？」

「また言わせるんですか？」

俺が服を脱ぎ捨てると、玲香が抱きついてくる。

毎度毎度のやりとりに飽（あ）きることなく、玲香も楽しんでいるようだ。その度に、俺たちはつくづく相性のいい夫婦だと実感する。おそらく、彼女もそう思っているに違いない。

そしてこの数週間後。

温泉旅行で訪れた旅館の客室で、にごり湯でない露天風呂に顔を赤らめる玲香を見つめ、愛おしさを噛みしめるのだった。

＊　＊　＊

「……知廣さん、お、お湯が……濁（にご）っていません……！」

連休を取り温泉旅行にやって来た私と知廣さん。でも、今回の部屋付き露天風呂が無色透明なことに盛大に狼狽える私。

だけど温泉旅館に予約を入れてくれた知廣さんは、当たり前だけど、そんなことは最初から知っていたとばかりにまったく動じていない。

「そう。ここは無色透明のお湯なんだ。でも泉質はとても評判がよくて、美人の湯なんて言われているんだよ。入るのが楽しみだね、玲香？」

露天風呂のある場所から室内に戻り、座布団に腰を下ろした私に、知廣さんが笑顔で語りかける。

美人の湯と言われれば気にはなるけど、でもやっぱり、そうですね！　とはいかない。

「楽しみですけど、恥ずかしいです……!!」

前回はにごり湯だったので、一緒にお風呂に入ってもお互いに胸から下が見えない状況だった。それに家で一緒にお風呂に入る時は、私が選んだにごり湯タイプの入浴剤を入れている。

だから、何気に無色透明のお湯に二人で入るのは初めての経験だったりするのだ。

緊張と、その時のことを想像して一人で勝手にドキドキしている私に、知廣さんが首を傾げる。

「そうやって恥ずかしがる姿は可愛いが、そろそろ慣れてもいいんじゃないか？　お互いの裸なんてもう何度も見ているわけだし……って前回もこのやりとりしなかったか？」

「確かにそうなんですけど……」

彼の言っていることはもっともだ。だけどやっぱり、場所が変わると雰囲気も変わるし、ベッドでいちゃいちゃする時は基本暗い。

——でも、よくよく考えてみれば、気持ちが盛り上がって明るいリビングでしたこともあったっけ……

その時のことを思い出したら、恥ずかしさが込み上げてきてしまった。

——私、いつまで経ってもあの行為に慣れない。

きっとそれは、普段とセックスの時の知廣さんの雰囲気が違いすぎるからだ。

なんせ知廣さんは、普段のキリッとした仕事のできる御曹司の顔と、夜のSッ気のある絶倫フェロモン御曹司の顔が違いすぎる。そのギャップに、私はいつも激しく萌えてしまうのだ。

撫子さんにこの話をしたら、『それは確かに萌えますわね……』と大きく頷かれたくらいだ。

「私が照れるのは……知廣さんのせいですよ？」

なんとなくこの気持ちをわかって欲しくて、知廣さんをチラリと窺う。

「そう？」

私の思っていることなど、彼にはすっかりお見通しなのだろう。どこ吹く風で、楽しそうに微笑んでいる。

「もう！　知廣さんったら……!!」

私が頬を膨らませると、ごめん、と知廣さんが謝ってきた。

「悪かった。せっかくだから風呂の前に散歩に行こうか。この旅館は俺も初めてだからどんな設備があるのか興味があるんだ」

「あ、はい。行きます！」

「その前に浴衣に着替えよう。玲香、手伝おうか？」

「もうっ！　そんな必要ないって知ってるくせに」

知廣さんが笑いながら立ち上がるので、私もついつられて顔が笑ってしまう。

今日私達がやって来たのは、最近人気があるリゾート会社が経営する、プライベート重視の温泉旅館だ。客室全てに露天風呂が付き、食事処に赴くことなく夕食も朝食も部屋でのんびりとることができるというスタイルの温泉旅館。

山間にあるので辺りは静かで景色もよく料理の評判もいい。なので、テレビで特集されることも多く私もこの旅館のことは知っていた。だから知廣さんに行き先を教えてもらった時は、嬉しくて心の中で万歳してしまったほどだ。

この旅館は館内を散策する際、浴衣の着用を推奨している。そのため私達は浴衣に着替えて部屋を後にした。

知廣さんのすぐ後ろを歩きながら、館内にある施設がどんなものなのか興味深く見て回る。

部屋に露天風呂がついていても、やはり大きなお風呂にも浸かりたい。そんなお客様の要望に応えるべく、大浴場も完備されていた。さらには、月ごとに変わるお風呂や、寝湯に打たせ湯など大浴場内の施設も充実している。

大浴場の前にある案内を見ながら、私はため息を漏らした。

「色々なお湯が楽しめるようになっているんですね。これは利用者からすれば嬉しいと思います。私も入るのが楽しみになってきました」

「そうだね。客を飽きさせない工夫はリゾート施設だろうと老舗旅館だろうと必要だ。うちが経営する旅館も、これから先考えていかなくてはいけないな」

知廣さんも私の意見に同意し、大きく頷いた。

館内の廊下を進むと、透明なガラスで仕切られた売店を発見した。その店先に並ぶのは、やはり定番の温泉まんじゅうだ。私達と同じように浴衣に身を包んだ宿泊客が数名、まんじゅうの箱を手に物色していた。

「やっぱり温泉といえば温泉まんじゅうなんですね」

「まあ、そうなのかもな」

おまんじゅうの他には、ここの食事にも出てくるお漬物もあった。よく見たら試食があったので、お土産（みやげ）をじっくり見ている知廣さんから離れ、何種類かある中からたくあんの漬物を一ついただく。

「あ、いいお味」

ほんのりと甘みがあって、これはご飯が進みそうだ。

買って帰ろうか。それともこの味を参考にして今度自分でもたくあんを漬けてみようか……なんて思っていると、横に人の気配を感じた。

「こんにちは」

急に話しかけられてヒッ、と声を上げそうになってしまう。

隣を見ると、この旅館の浴衣（ゆかた）を着た宿泊客の若い男性だった。知廣さんほどではないにしろ、長身で爽（さわ）やかに微笑む男性は、見たところ私と同じくらいの年齢っぽい。

「こっ……こんにちは」

「ご旅行ですか？」

「はい……まあ……」

戸惑いながら返事をすると、男性は気をよくしたのか、私との距離を詰めてくる。

「一人……なわけないですよね、ご家族と一緒ですか？」

「え、ええ……」

――こんな時ってどうしたらいいのかしら……知廣さんは……？

後ろを振り返り、さっきまで彼がいた場所を見る。だけど彼の姿はない。

「あれっ？　いない……」

知廣さんの姿がないことに動揺していると、男性が素早く反応する。

「え、もしかして家族に置いて行かれちゃったの？」

「はっ!?　いえ、そういうわけでは……」

「じゃあ、待っている間そこのラウンジでちょっとお茶でもしようか、ね？」

「はい!?」

知廣さんが一人でどこかに行くわけない。だから置いて行かれてなんかいないはずだ。と説明したいのに、この男性かなり押しが強くて、しきりに私をお茶に誘ってくる。

だけど、こんな光景を以前にもどこかで見たことがあるような……

――はっ、そうだ。前回の温泉旅行の時に知廣さんが……

知廣さんが女性に話しかけられてしまい、私が近くに行けなくてモヤモヤしたあの一件だ。

しかも今度は私が話しかけられるという、逆のシチュエーションである。あの時知廣さんは毅然（きぜん）とした対応をしていたけど、私は彼のようにできるだろうか。

でもやらなければと、意を決する。

「あの、私、連れがおりますので、お茶はできません」

きっぱりと言い切った私に、その男性は驚きの表情を見せる。

「……連れ？　って、家族と一緒に来てるんじゃないの？」

「家族ですよ、夫ですもの」

嘘は言っていない。本当のことだ。

だけど男性は、私が言っていることが信じられない、と言いたそうに眉をひそめる。

「ええ——？　だって君こんなに若いのに結婚してるの？　嘘ついてない？」

きっぱり言っているのに信じてもらえない。これには愕然(がくぜん)としてしまう。

「嘘じゃないです、私、人妻です、ほら指輪だって！」

必死になって左手薬指の指輪を見せるが、それでも男性はまだ訝(いぶか)しがる。

「んー、必死になってるところがまた怪しいなあ」

——指輪も見せているのになんで信じてくれないの！

どうすればわかってもらえるのか、と途方に暮れた時、背後に気配を感じ腰に手を触れられた。

「玲香。こんなところにいたのか」

「ち、知廣さん～～!!」

ホッとして体から力が抜けそうになった。思わず、知廣さんの腕にしがみついてしまう。

「部屋で味見しようと思って何種類かお茶菓子を買ってきたんだ。後で一緒に食べよう。……そちらの方は？」

　知廣さんの目が、目を丸くしながら私達を見ている男性を捉（とら）える。

「それがその……」

　この状況をどう説明したらいいのかわからず言葉に詰まっていると、先に口を開いたのは声をかけてきた男性の方だった。

「えっと……もしかして、この方が君のだ……旦那さ」

「そうです!!　夫です!!」

　被せ気味に返事をすると、知廣さんを見たまま男性はおののき、口を噤（つぐ）んでしまった。

　私と男性のやりとりを黙って見ていた知廣さんが、すっと男性の前に一歩足を踏み出す。

「……私の妻に何か？」

　言葉はシンプル。だけど無表情の知廣さんから出ている圧力がすごい。知廣さんと正面から対峙した男性は、笑みが消え顔を引き攣（つ）らせている。

「いっ、いえ……なんでもありません……」

　さっきまでと打って変わって勢いを無くした男性が、足早に去って行った。

それを見送ってから、知廣さんが私を見下ろしてくる。

「誰だったんだ、今のは」

「それが……家族とはぐれた迷子と思われていたみたいで、お茶に誘われたんです……」

私が状況を簡潔に説明すると、知廣さんの眉がみるみる寄っていく。

「お茶、だと……？」

「夫がいますって言ったんですけど、全然信じてもらえなくて……」

自分でもなんで信じてもらえなかったのかと首を傾げていると、知廣さんの顔に微笑が浮かんだ。

「ほう……俺の妻をナンパするとは、いい度胸じゃないか」

知廣さんの呟きにハッと顔を上げる。

「ナンパ？　今のナンパだったんですか？」

私の反応に、知廣さんが眉根を寄せた。

「……もしかして玲香、わかってなかったのか？」

「迷子と思われているのだとばかり……」

これに対し知廣さんは頭が痛い、と言わんばかりにこめかみを指で押さえる。

「玲香……こんな場所で女性をお茶に誘うなんて、ナンパしかないだろう。なぜそういった発想になるんだ」

「ごめんなさいっ……これまでの人生で、ナンパされたことがないもので……だけどどうして夫がいることを信じてもらえなかったんでしょうか。私、そんなに子供っぽいですか？」

結婚してから、知廣さんと釣り合う女性になりたくて、服装を大人っぽくしてみたり、ちょっとお化粧を工夫してみたり努力し続けてきた。

だけど今みたいなことがあると、まだまだ努力が足りないのかと落ち込んでしまう。

しょんぼりと肩を落としていると、知廣さんが私の腰に回していた手にグッと力を入れる。

「何を言っているのやら。こんなに綺麗な女性が子供に見えるわけがないだろう？　さっきの輩（やから）は、君が既婚者だと信じたくなかっただけじゃないか。もし俺が独身だったら、その気持ちはわからなくもないからね」

「そうなのですか……？」

彼の言葉が胸にじわりと広がり、一気に幸せな気持ちで満たされる。そんな気持ちのまま横にいる知廣さんを見上げると、彼は優しく微笑んでくれた。

「そうだよ。さて、そろそろ部屋に戻ろう」

「はい……!!」

一瞬落ち込んだ私も、知廣さんの言葉一つであっさり浮上。我ながら単純である。

客室に戻った私達は、知廣さんが買ってきたお茶菓子を食べながら、のんびりお茶を飲む。

定番の温泉まんじゅうから、この旅館オリジナルのチーズケーキに、ガトーショコラ。それにさっき試食して美味しいと思っていたお漬物も数種類買ってきてあった。

「あ、私これ、さっき試食したんです。とってもいいお味でした」

「ああ、君が試食しているのが目に入ったのでね。ついでに買ってみた」

「私、お漬物好きなんです。ご飯のお供にもお茶のお供にもなるし。子供の頃から祖母が漬けたお漬物とかよく食べてたんですよ」

小さな頃から両親が共働きだったせいもあるけれど、私は料理が大好きな祖母の味で育ったと言ってもいい。毎日夕食後は祖母が作ってくれたお漬物を食べながら、家族で團欒をする。そんな生活が当たり前だった。

結婚した今は、知廣さんと一緒にお茶するのが私の一番幸せな時間だ。

「あ、チーズケーキ美味しい。一口サイズで食べやすくて、甘さも控えめでしっとりしてます」

私がチーズケーキを食べると、知廣さんがガトーショコラを口に運ぶ。

「これも旨い。でも、玲香が作ったガトーショコラには敵わないけど」

「本当ですか？　嬉しい!!」

思いがけず知廣さんからお褒めの言葉をいただき、自然に顔が緩む。

「当たり前だろう。だって玲香の作るお菓子には、俺への愛情が詰まっているんだから。違う？」

「違わないです!!　ものすごーっく、詰まってますから!!」

そう。知廣さんのために作るものには、もちろん味も気をつけているけど、それ以上にありったけの愛情を込めてます。それはもう、お腹いっぱいになるほどの。

とりあえず今のところ嫌がられていないので、彼がもういい、と言うまでこのスタイルを貫くつもりだ。

「俺もいつも君には目一杯の愛を捧げているつもりだよ？　ちゃんと届いているかな」

「はい、もちろん……!!」

知廣さんを見つめうっとりとする。そんな私を見て、知廣さんが柔らかく微笑んだ。

「無色透明の露天風呂、楽しみだな？」

その顔を見て、ピンとくる。

「……知廣さん、もしかしてわざと無色透明のお湯を選んだ……？」

「さあ、どうだろうね？」

ずっとにこにこ笑っている知廣さんに、これは間違いなくわざとだと確信する。

――知廣さんったら……!!　でも、そんなところも、好き……!!

知廣さんの愛には、ほんの少しの意地悪がプラスされている。でもそれすら、私にとっては幸せなことなのである。

書き下ろし番外編

奥様のお気に召すまま
～一年経っても刺激がいっぱい～

私、英玲香が大日向知廣さんに嫁いでから一年が経過した。

義母にしごかれつつ、どうにか大日向家の嫁、そして料亭おおひなたの若女将としてここまでやってきた。そんな私も、ついに結婚一周年を迎えることになった。

最初はわからないことばかりで戸惑いが多かったけれど、今ではこの生活にかなり慣れたつもりでいる。

でも、一年って長いようであっという間だった。嫁に来た時のことを思い出すと、今こうして普通に毎日を過ごしているのがなんだか嘘みたいだ。

「しかも人生で初めての結婚記念日です……！」

寝室のドレッサーに置いてある卓上カレンダーには、今年に入ってすぐ結婚記念日に赤い丸をつけた。それを眺めながら、お風呂上がりの私は髪を乾かしながらどんな風にお祝いをしようか考えていた。

——お祝いだから花を贈るとか……？　でも、女性に贈るならわかるけれど、男性は花をもらって嬉しいものなのかしら……？　知廣さんと花。……知廣さんと花……うーん……違うものを考えたほうがいいかしら……

そもそも知廣さんが花を愛でているところなど見たことがない。やっぱり花はやめておこう。ならば服飾品のほうが知廣さんは喜んでくれるだろうか。

――ネクタイとか、タイピンとか……？　それとも毎日使うのなら腕時計なんかどうかしら。でも、女性物ならともかく、男性の好みがよくわからないわ……

うーん……とドライヤーの風を髪に当てながら悩んでいると、突然髪に人の手が触れた。手の主は知廣さんだ。ドライヤーの音にかき消されて聞こえなかったのだが、どうやらバスルームから今戻ったらしい。さっきまでのスーツ姿から寝間着に着替えている。

「髪が長いと乾かすのも大変だな。貸してごらん」

「あっ、知廣さん。ありがとうございます」

ドライヤーを受け取った知廣さんが、私の後頭部に手を添えて髪を乾かしてくれる。

温かい風ももちろん気持ちがいい。でもそれ以上に、大好きな知廣さんにこんなことをしてもらえるのが幸せで幸せで、私は幸福に打ち震えていた。

――髪に触れてもらえるのが気持ちいい……そしてこんなことをしてくれる知廣さんが好き。好き好き、大好き!!

本当は思っていることを口に出して言いたいけれど、あまりにも好き好き言い過ぎると知廣さんに飽きられるんじゃないかと思って、実際はあまり言えない。

「よし、乾いた」

「ありがとうございます」

ドライヤーを置いた知廣さんが、先にベッドに腰を下ろし私に微笑む。

「おいで」

彼の笑顔に吸い寄せられるように、私はふらふらと彼に歩み寄る。近づくなり、私の腰を抱いた知廣さんに膝の上へ座るよう指示された。

「今日はなにがあった?」

優しい声音で知廣さんが尋ねてくる。それに従い、私は今日一日の出来事を彼に報告するというのが日課となっているのだ。

私は昼間の料亭での出来事を逐一(ちくいち)知廣さんに話し、最後に私的なことを付け足した。

「あとですね、今日お店に撫子さんが来たんです」

「そうだったね。彼女、食事に満足してくれたかな」

友人の撫子さんが我が家が経営する料亭に来る、というのは数日前から決まっていたので、知廣さんももちろん知っていた。そして彼は、大食いの撫子さんが料理に満足してくれるかどうかを気にしていたのである。撫子さんに関しては、料理の内容よりもとにかく量が足りるのか、ということが知廣さんにとって一番の気がかりだったらしい。

「はい、撫子さんはちゃんとそのあたりを見越して多めに注文してくださったので。お腹いっぱいになって帰っていきましたよ。帰り際にとても美味しかった、ぜひまた来させていただきたいと知廣さんに伝えてくださいって」

それを聞いて、知廣さんがわかりやすく頬を緩ませた。

「そうか、よかった。くれぐれもよろしく言っておいてくれ」

「はい」

「じゃあ、そろそろ布団に入ろうか」

知廣さんは膝の上に座っている私を軽々と持ち上げ、ベッドに座らせた。そしてそのあとすぐ自分もベッドの定位置に移動する。そんな知廣さんを目で追いつつ、私も定位置に移動した。

知廣さんの枕元には、いつも本や仕事で使うタブレットが置かれている。案の定、今夜も知廣さんはタブレットを手にしたまま布団の中に体を滑り込ませた。

「知廣さん、まだお仕事ですか……？」

もぞもぞと布団の中に潜り込みながら尋ねると、彼は「少しだけだよ」と微笑む。

元々忙しい知廣さんだけれど、ここ最近は古くなった店舗の改装工事を控えており、そのこともあっていつも以上に忙しい日々を送っている。それはいい。彼の仕事のことは理解しているし、彼自身も仕事が好きなので忙しくしているのは問題ない。ただ、私が気になっていることはたった一つ。

——実は最近、夜の営みがご無沙汰なんです……

確か結婚してすぐの頃もこんなことがあったっけ。でも、あれは知廣さんが意図的にしたこと。でも、結婚して一年も経つわけだし、今はそんな焦らしプレイも必要ない。きっと本当に忙しくて疲れているからそんな気になれないのだと頭では理解している。

でも……

——か、体が……体が疼いて仕方ないです、知廣さぁぁぁぁん!!

すぐ隣に大好きな知廣さんがいるというのに、まったく触ってもらえないというこの放置プレイ状態。本来ならこの焦らしもたまらない、と思える程にMっ気強めの私だけれど、あまりにも放置期間が長すぎて、いいかげん限界が来そう。

「玲香は一日仕事で疲れただろう? 俺に構わず休むといいよ」

笑顔で気遣われると何も言えなくなってしまう。

『違うの知廣さん。私、全然疲れてなんかいないの。だから抱いてほしいの。どちらかというと激しめに』

——って言えたらどんなにいいか……前半はまだしも、後半は絶対言えないけど。

私は心の中で涙目になりつつ強引に笑顔を作って頷くと、静かに布団を被った。

「……おやすみなさい、知廣さん」

「おやすみ玲香」

優しい声のあと、タブレットをタップする音だけが聞こえてきた。どうやら本当に今夜も何もないらしい。

——今日もこのまま一日が終わっちゃうのか……

知廣さんに気づかれないよう、布団の中でこっそりため息をつく。

彼を見ると悶々としてしまう。だから私は敢えて彼に背を向け、そのまま眠りについたのだった。

数日後の休日。私は友人である撫子さんを呼び出し、愚痴を聞いてもらうことにした。場所に指定したのは、最寄り駅に近い和食店である。

「ちょっと玲香さん。また夫婦生活の悩みですか？　同じことを申し上げるのは心苦しいのですが、なぜ毎度毎度、男性経験皆無の私に相談するのですか……この場合、もっと男性を何人も手玉にとるような手練れに相談すべきなのではないですか？」

相変わらずバッチリ髪を巻き、淡いブルーが美しいワンピースに身を包んだ撫子さんは、どこからどう見てもお嬢様だ。ただ、彼女の前に置かれた料理の量だけがお嬢様が食べるそれではない。

「だって……私、あまりそういったことに詳しいお友達っていないんですもの……あ、どうぞ、私に構わず召し上がってください、カツ丼の特盛り」

「もちろんいただくわ。それにしても玲香さん、どこでこんなお店を見つけたの？　カツ丼のビジュアルが非常に私好みで武者震いが止まらないわ」

興奮が抑えきれない、という顔をする撫子さんの言うとおり、滝沢さんにオススメされたこの店のカツ丼はカツが大きいのが特徴で、どんぶりからはみ出している。私のカツ丼は普通盛りでカツが一枚なのだが、撫子さんのカツ丼は私から見て三枚近く載っている。

ではいただきます。と上品に手を合わせた撫子さんが、いきなりカツの切れ端を箸で掴み、躊躇いなくがぶっとかぶりついた。撫子さん格好いい。

「ん。カツがサックサクでジューシー。そしてタレの味も私好みだわ。このカツ丼好き……って、私のことはいいのよ。玲香さんよ！　今回こそ欲求不満で爆発寸前、てことなのでしょう？　もう恥じらうこともないんだし、はっきり言ってしまえばいいじゃないの。我慢できないんでしてください、と」

カツ丼を食べる手を止めずに、撫子さんがはっきり言う。それを受け、私はつい視線を手元の普通サイズのカツ丼に落とす。こうして見ると撫子さんのカツ丼との差がすごい……と改めて思った。

「……私も言おうかなって思ったことはあるんですよ。でも、知廣さんが毎日遅くまで働いている姿を見ていると、言えなくて……。たかだか私の欲求不満なんてちっぽけなものなんじゃないかって思えてしまって。それよりも私は、知廣さんに嫌われることのほうが怖いんです」

「なるほどね」

もぐもぐ咀嚼しながら、撫子さんが頷く。

「要するに欲求不満が解消されればいいのでしょう？　だったら玲香さん、一人でなさったら」

「!?　なっ、撫子さん!!　ちょ、なんという……!!」

彼女の言葉に思いがけず体中が熱くなる。一人でするって、つまり……そういうこと？

意味がわからないわけじゃないけれど、まさか彼女の口からそういう言葉が出るとは思わなかった。

しかし驚く私をよそに、撫子さんはけろりとしている。

「そんなに驚くこと？　でも、本気でどうするかを考えたらそれしかないと思ったのよ。どうやら世の中にはそういった女性は結構いらして、それを解消するためのグッズなんかもいろいろ存在しているようですのよ」

「……まさか、撫子さん。どんなグッズがあるか見たんですか？」

思わず息を呑んだ。まさか私のために、彼女がそこまでしてくれるとは予想していなかったからだ。

「実物は見ていませんけれど、ネットで少々拝見いたしました。あれはなかなか……衝撃的でしたわ」

そのときのことを思い出したのか、少し頬を赤らめながら撫子さんが私から視線を逸らした。彼女をこんな顔にさせるグッズって……グッズって……

考えただけで私まで顔が熱くなってきてしまった。そんなものを私一人で購入して、し、使用する……なんてできるのだろうか!?

「……撫子さん……私がそれを購入して一人でできると思います……?」

「ネット購入できるみたいなので買うのは問題ないのでは？　あとは使用する場所ですが……」

「ば、場所……やめてください、想像したくないです……。でもやっぱり、知廣さんじゃないと私、ダメかも……」

ぶんぶん頭を横に振る私を見つめ、撫子さんが考え込む。

「だったらグッズに知廣さんの写真でも貼っておけばいいのでは？」

「はっ……!?　ち、知廣さんの写真……!?」

グッズがどんなものか想像がつかないけれど、知廣さんの写真が貼ってあることだけをイメージする。しかし。

「……いや、それ逆効果では……？」

想像した結果真顔になってしまった。それは撫子さんも同じで、やはり真顔で「そうね」と頷いていた。

座敷席でカツ丼を食べながら、私達の会話は着地点が見えないまま終了した。

帰宅してからリビングに置いてあるノートパソコンで、こっそりアダルトグッズを扱うお店のホームページを覗(のぞ)いてみた。そこで取り扱っている商品を見て、私は言葉を失うことになる。いろんな意味で。

――き……きゃああああああああーー!!　こんなの買って一人でするとか無理、絶対に無理です!!

これらを使って自分ですることを想像……することがもう不可能だった。

それにこういった道具を買ったとして、一体どこに保管したらいいのか。万が一知廣さんに見られてしまったら、それこそ私、恥ずかしさで死んでしまうかもしれない。

パソコンを閉じ、そのまま机に突っ伏した。

――やっぱり一人でするなんて私には無理だわ……知廣さんじゃなきゃ、だめ……

それにしてもアダルトグッズというのは自分には刺激が強すぎた。見ただけだというのにかなり体力を消耗してしまった。しかし、そのおかげもあって欲求不満がさほど気にならない程度に落ち着いたような気もする。これはこれでよかったのかもしれない。

　そのことにホッとしつつ、リビングを出た。


　この日の夜、知廣さんはいつもより早く帰宅した。食事を終えた彼は私達のリビングにあるソファーに腰を下ろし、そのまま背をもたれる。

「知廣さん、今日は早いお帰りでしたね！」

　早い時間に知廣さんがリビングにいることが嬉しくて、つい顔が笑ってしまう。そんな私を見て、知廣さんもフッ、と表情を緩めた。

「ああ、急ぎの仕事も片付いたし、しばらくは今日くらいの時間に帰宅できるんじゃないかな。このところあまり構ってあげられなくてすまなかったね、玲香」

　一瞬欲求不満で迷走していたことがバレていたのかと思った。でも、彼の表情を見る限りそういう意味で言っているのではないとわかり、私は両手を左右に振った。

「えっ……そんな、私はいいんです。知廣さんが元気でいてくれればそれで……あ、お茶！　お茶煎れましょうか」

「うん、もらおうかな」

　キッチンに移動し、二人分のお茶を煎れ、お客様からいただいたカステラを添えて彼が待つソファーに戻る。

「お待たせしました。これ、お客様からいただいたカステラなんですけど、よかったら」

カステラが載った小皿をソファーの前にあるテーブルに置き、知廣さんを見た。彼はリビングに置いてあるノートパソコンを膝の上に置き、画面に釘付けになっていた。

「ああ、うん……食べるよ。それより玲香、本当に寂しい思いをさせて申し訳なかった」

「いいんです。知廣さんが忙しいのは重々承知してますし。ちょっとくらい平気です」

「いや、平気じゃなかったんだって今知ってね。今回ばかりは本当に俺が悪かった」

「……？　今、知って……？」

私が首を傾(かし)げると、知廣さんは今の今まで見ていたパソコンの画面を私に向けた。そこには、私が夕方見ていたアダルトグッズの販売サイトのページが。

一瞬頭の中が真っ白になった私は、数秒後声にならない叫び声を上げていた。

「――――!!　%#&%$#$%&＊&!!」

知廣さんからパソコンをひったくるように奪い、強引に画面を閉じた。

「なっ……な、なんで、あのページ……っ」

私の剣幕に驚きつつも、知廣さんが可笑(おか)しくてたまらない、とばかりに肩を震わせている。

「いやあ……ちょっと過去に開いたページを見ようと思って履歴をたどったら、なんかとんでもないものがあったんで」

「ち、違うんですこれはっ……!!　今日、撫子さんに会ったときに世の中にはこういうものが存在しているという話を伺ったので、気になって見ただけでっ!!　決して買ったりとかはしていないですっ!!」

「撫子さんとの会話でこんなものが出てくる、ということは玲香。寂しさを紛(まぎ)らわすにはどうしたらいいかとか、撫子さんに相談でもしたんじゃないのか？」

「うぐっ」

なんでわかるの、知廣さん。

返す言葉に詰まった私を見て、知廣さんは堪(こら)えきれないとばかりに「ははは!!」と笑い声を上げた。

「ごめんって。でも、毎晩さっさと俺に背を向けて寝てしまう玲香にも多少の責任はあるぞ？　もっと俺にすり寄って甘えてくれれば、いくら仕事で疲れていようが玲香の相手をする体力くらいはあるのに」

知廣さんの言葉に驚き、つい「えっ？」と声が出てしまった。

「……体力……あったんですか？　だって、毎日あんなに遅くまでお仕事してたのに」

「それと性欲は別だ。ついでに言えば、仕事ばかりしているとその反動で余計したくなるときだってある」

しれっと言われて、目を丸くした。

そんなの初めて聞いた。

「そうなんですか⁉　だったら言ってくれればいいのに！」

「いや……こんなのわざわざ言うことじゃないだろう……」

困り顔の知廣さんを見たまましばらく無言になってしまう。でも、思っていたことがバレて逆にすっきりした。

私はふらふらと彼に近づき、隣にストンと腰を下ろした。

「言わなくてごめんなさい……きっと知廣さんは疲れているだろうから我慢しなくちゃいけないと思ってたんです。それと知廣さんのほうを向いて寝ると感情が抑えられなくなりそうだったので、敢えて背を向けて寝ていました……」

「そういうことか」

全てを打ち明けたら、知廣さんが私の腰を抱き、自分に引き寄せた。

「我慢なんかしなくていいんだから。思ったことは正直に言いなさい？　もうすぐ結婚して一年になるわけだしね」

――あ。知廣さん、結婚記念日のことちゃんと覚えててくれた。

知廣さんを見たら、全てわかっている、という顔をされる。

「カレンダーに丸もついているしね」

「あ、私……知廣さんはどんなものをあげたら喜ぶかなって、ずっと考えてたんです」

「そうなの？　嬉しいな。ちなみに、俺は玲香からもらうものならなんだって嬉しいよ。物じゃなくてもね」

「物じゃない……って、他にも何かあります？」

素直に聞き返したら、今度はにっこり微笑まれる。

「そうだな。まあ、夜の営みを玲香が頑張ってくれる……とかでも嬉しい。なんならさっきのページに載ってたあのグッズを使う、なんていうのも。どれか気になった物はあるのかな？」

「きゃああああああ!!」

頬に手を当て叫ぶ私を見て知廣さんが嬉しそうにする。

やっぱり知廣さんって、ちょっと意地悪。

――でも、そんなところも含めて、大好き……!!

そしてこの夜。滾(たぎ)っていた私の欲望を解消するためなのか、知廣さんの欲望を満たすためなのか、待望の営みは深夜にまで及んだのだった……

恋愛小説「エタニティブックス」の人気作を漫画化！
EC
Eternity COMICS
執着弁護士の愛が重すぎる
Mai Haruno
漫画：春乃まい
Ayame Kaji
原作：加地アヤメ
わかりやすく言うと
あなたに惚れています
私があなたに女性としての魅力を感じているからです
私の気持ちは変わりません
「貴女の全てを手に入れたい―」
20P

ﾚな日常をこよなく愛する二十九歳の花乃は、
んびり独身生活を満喫中。そんなある日、法事に
れた美貌の僧侶・支倉にいきなり求婚され、日常
一転する。どんなに完璧だろうと、出会ったばか
の人と結婚なんて絶対無理…!!　驚いてプロ
ーズを断る花乃だったが、麗しい笑みを浮かべ
支倉に諦める気配は一切ない。それどころか、甘
強引なアプローチは加速して――!?

判　定価：704円（10%税込）　ISBN 978-4-434-28511-0

恋愛小説「エタニティブックス」の人気作を漫画化!
EC Eternity COMICS
無口な上司が本気になったら
でもここ もうこんなに 濡れてるよ
やっ あ……なんか おっきい……っ
漫画＝渋谷百音子
原作＝加地アヤメ
ント企画会社で働く二十八歳の佐羽(さわ)。恋より
っぴり仕事を優先する生活を送っていた
一同棲中の彼氏が出て行ってしまった！ 突然
来事に佐羽は落ち込み、仕事もうまくいかなく
てしまう。しかしある日、憧れの元上司である
優弥(ゆうや)から飲みに誘われる。彼は、佐羽が彼氏に
れたことを知ると、普段の無口な態度を一変さ
食モード全開で溺愛宣言してきて——？
定価：704円（10%税込） ISBN 978-4-434-26737-6
上司の本性はキケンな肉食系!?
エタニティCOMICS

本書は、2019 年 1 月当社より単行本として刊行されたものに、書き下ろしを加えて文庫化したものです。


この作品に対する皆様のご意見・ご感想をお待ちしております。

おハガキ・お手紙は以下の宛先にお送りください。

【宛先】

〒 150-6008 東京都渋谷区恵比寿 4-20-3 恵比寿ガーデンプレイスタワー 8F
（株）アルファポリス　書籍感想係

メールフォームでのご意見・ご感想は右のＱＲコードから、
あるいは以下のワードで検索をかけてください。

ご感想はこちらから

エタニティ文庫

旦那様のお気に召すまま～花嫁修業は刺激がいっぱい～

加地アヤメ

2022年7月15日初版発行

文庫編集－熊澤菜々子
編集長 －倉持真理
発行者 －梶本雄介
発行所 －株式会社アルファポリス
〒150-6008 東京都渋谷区恵比寿4-20-3 恵比寿ガーデンプレイスタワー8F
TEL 03-6277-1601（営業）　03-6277-1602（編集）
URL https://www.alphapolis.co.jp/
発売元－株式会社星雲社（共同出版社・流通責任出版社）
〒112-0005 東京都文京区水道1-3-30
TEL 03-3868-3275
装丁イラストーSUZ
装丁デザインーansyyqdesign
印刷－中央精版印刷株式会社

価格はカバーに表示されてあります。

落丁乱丁の場合はアルファポリスまでご連絡ください。

送料は小社負担でお取り替えします。


ISBN978-4-434-30540-5 C0193